안개와 불

안개와 불

하재봉

민음의 시 20

민음사

나는 세계의 적

태양은 내 피의 먼 하류까지 손을 뻗어
비린내 나는 물고기 몇 두름을 건져 올린다.

차례

강 마을

외사촌 형의 새총을 훔쳐 들고 젖어 있는 새벽 강의 머리맡을 돌아 갈대숲에 몸을 숨길 때, 떼서리로 날아오르는 새 떼들의 날개 끝에서 물보라처럼 피어나는 그대, 무지개를 보았나요?

일곱 개 빛의 미끄럼틀을 타고 새알 주으러 쏘다니던 강안에서, 무수히 많은 눈물끼리 모여 흐르는 강물 위로 한 움큼씩 어둠을 뜯어내 버리면, 저물 녘에는 이윽고 빈 몸으로 남아 다시 갈대숲으로 쓰러지고요

둥지를 나와 흔들리는 바람을 타고 강의 하구까지 내려갔다가 그날, 노을 거느리며 돌아오던 새 떼들의 날개는 불타고 있었던가? 어느덧 온 강 마을이 불타오르고 그 속을 나는, 미친 듯이 새알을 찾아 뛰어다녔지요

쥐불놀이

맨발로 오래된 바람의 그림자를 밟으며 아이들의 긴 그림자가 사라진다 노을 속으로, 목쉰 목 풍금 소리 꽃잎처럼 지는 들녁에 어둠은 웬 소년 하나를 세워 두고 지나간다. 간다. 노을 밭 지나며 속살 속에 불씨 감춘 아이들

한 짐 어둠을 메고 달집 가까이 떠나고, 알몸의 또 한 무리는 노을의 뿌리 밑 그 잠으로 엉킨 언덕으로 내려간다. 풀어놓는 이야기로 깊은 어둠의 집을 만든다. 달무리가 지고

지붕 밑에 불씨 붙여 온 누리 가득 차게 달빛 일으키는 정월 대보름의 아이들. 빈 몸으로, 둥근 불의 원 밖에 숨어 있던 소년은, 새벽녘 마른 가슴 부비어 홀로 타오르고

병정놀이

바람 잦은 산지 마을 야산 너머로 횃불이 올랐다. 무덤 뒤에 웅크린 고슴도치들 긴장한 머리카락 사이로 수채화처럼 번지는 어둠. 나뭇가지 허리에 찬 대장, 돌격 명령을 내렸다.

서낭당 처마 들썩이며 바람이 풀어놓은 도깨비불, 동란 때 치마 찢기고 목매단 물방앗간 누나 그 눈, 겁 많은 소년 덤불 속으로 숨고 어두워지면 어김없이 끈적거리는 바람. 뒤집어진

계집애들은 백여우 꼬리 번뜩이며 백 번 둔갑을 한다. 발정한 바람에 실려 아이들은 홀린 듯이, 산 너머 너머로 흘러 다니고 찢어지는 신음 소리. 누나는 온 숲 퍼렇게 불을 댕겨 어린 병정들을 태워 버리니,

49재

때때옷을 입고, 아버지
헛간으로. 목매단 누이 숨어 사는
갈대밭으로. 오줌 누러 다니면은 아버지
부서지는 어둠 속에서 눈
퍼렇게 부릅뜨고 속삭이는 목쉰 소리
자고 싶다. 탁한 불꽃 위라도 자고 싶다.

숨죽인 달빛의 옷을 벗긴 후
누이야, 나는 보았다
갈잎 사이에 숨어 있다가
어둠 오면 긴 머리칼 날리며
흐르는 바람으로 키우는 불씨를
살아서 못 미친 힘까지를 빚는 불씨를

머리맡에서 유난히 달빛
설레이는 밤이면 헛간으로.
갈대밭으로. 오줌 누러 다닌다 아버지
몰래, 처녀좌로 부는 바람 불 잠재우며
내 나이에 입었다는 때때옷을 입고
누이야,

첫사랑

모두머리 한 누이와 아버지를 기다리며
해인초를 씹었다. 바다 가까운 마을에선
흰 꽃 눈이 지고
철들 무렵 내 호주머니는
아무것도 먹지 못하고 지샌 밤을
셀 수 없이 많이 갖고 있었다.
별은 내가 꼽을 수 있는 손가락보다 많았다.
토주 냄새 부벼 오는 꺼칠한 턱을 피해
아침 저녁 주름 질 날 없는 바다의 머리맡에
잔잔히 무릎을 쪼그리고 앉아 있으면
한 번도 얼굴 보지 못한 어머니 생각이 났다.
잊어 버렸다 생각날 쯤에 바람은 불고
아버지 키만 한 둑 위에서
누이는 수수러지는 치마를 한 손으로 덮어 버렸다. 그때
나는 보았다.

내륙의 더운 가슴을 지나 강물이
처음 바다를 만나는 것을

저녁 강

우리 죽어 한 천만 년쯤 뒤에나
다시 말 못 하는 짐승으로 태어나 사랑한다
말할 수 있다면, 아니
죄 없는 바람의 때조차 묻지 않은
우리들만의 뜻으로 그렇게
눈짓할 수 있다면

늘 연한 새김질하는 소처럼
나도 다시 그 순간에 살아
한 목숨
눈 감고 돌아앉은 산이여
천한 피 물려받은
벌레 같은 목숨처럼

이 한 몸 눕힐 만큼
빈자리 마련해 놓고 바람은
왜 아직 갈대 속에서 우물거리고 있나
온갖 시름 품에 안고 저 혼자 미쳐
무엇을 하겠다는 것인지 타오르는 눈물 감추고
누구를 만나겠다는 것인지 저녁 강

다시는 돌아오지 않네 그날
나와 함께 살을 적셨던 부끄러운
노을의 첫 순결도
고개 비뚤며 딴전 피우는 갈대밭
소금기 적은 바람도 이제는
만나 볼 수 없네 붉은 저녁의 강

겨울 강

해가 진 뒤 그대는
바람의 손을 잡고 안개 속으로 말달려 가고
나무 그늘 아래 빈 몸으로 앉아 있는 내 귓가에선
무수히 작은 눈물로 부서지는 강물 소리
겨울 강물 소리

저물 녘엔 강안의 갈대숲마저 깊숙이 가라앉히는
바라보면 즈믄 달이 알알이 맺혀 있는 것을
강이 처음 시작한다는 설산의 상류에서
내 모질게 마음 가다듬고 천상의 도끼날로
붉은 열매 맺지 않는 나무마다 찍어
물에 던지우니

허리에 구름 두르고 삼림 속으로
걸어 들어가 석 달 열흘 가부좌 틀고 기다려도
도무지 잠들지 않던 그대의 산에서
그대의 강으로 채 피다 만 눈꽃 같은
내 사랑이 흘러간다

맑은 살결 부비며 아프게

산 밑동이를 적시기도 하는, 지난 가을
그대 손끝에서 영글던 즈믄 달도 데불고
세상의 눈물 위를 지나 보이지 않는 꿈 곁도 지나
어디에 다다를지 흐르는 어둠 위에
나는 또 무엇을 버려야 하나

오늘도 그대는 안개 덮인 강 저편에 나가 있고
나는 발목에 피 먹은 이슬 적시며
갈대숲 걸어 걸어 이렇게
눈먼 강물 앞에 다시 섰다

저녁 강

겨울의 변방에서 아이들이 불을 지피고 있다.
사랑은 언제 강을 넘어올까, 나는 무심히
물의 중심으로 돌을 던져 본다.

풍광 서러운 겨울 강의 오후
흔들리는 갈대 잎 사이 지금도 나는 숨어
너를 보고 있다.
바람의 빗으로 머리를 다듬는 너
손톱만큼의 거리를 비워 놓고 너의 등 뒤에 서서

마지막, 나는 마지막이라고 말했다.
무시로 강의 이쪽 저쪽을 넘나드는 바람이
이 세상에 있는 것 같지 않은 손가락으로
그녀의 머리칼을 애무했다. 이승의 끝까지
나도 같이 흩날릴 수만 있다면

제 자리에 가만히
일생의 침묵을 한 겹씩 벗어 놓고
나무들이 물속으로 걸어와 몸을 눕히는 시간까지
움직이지 않는 우리들의 그림자. 어둠은

스스로의 무게로 가라앉는 돌처럼
물 깊숙이 너를 가라앉힌다. 들꽃들은
저녁 강 위에 한 떨기 노을로 피어오르고 이제
무엇이 남아 이 강을 홀로 흐르게 할까

들물의 때

나는, 하나의 강물을 꿈꾸었다

지금은 물고기 떼가
지느러미를 움직이는 들물의 때

나는 몰라라

강에 가면 바다에 이르는 길을 알게 되는지
곰팡이 핀 머리에 물을 끼얹고
종일토록 환한 햇빛 속을 걷고 걸으면
아아, 구름은 갈대밭은 그리고 무너지는
나는

마지막으로 물이
나를 멸망시키리라 불이
다시 한 번 나의 살을 태우고 그리고
그 잿더미 속에서 나의 영혼은
굶주리며, 영원히 부화되지 못할 새의 알을 찾아
천년 헤매이리라

노래할까, 죽음이야 목마른 빵을 적셔 먹는 것이니
노래할까, 죽음이야 문만 두드리면 열리는 것이니

저녁 강가 빈 배 위에 앉아
나를 부르는 목소리 기다린다

레테 강가에 앉아

지는 해와 함께

구름,
너의 비밀스러운 입술을
생각하리

이럴 때 지상의 모든 쓸쓸함은 강으로 나가 서로의 살을 섞으며 그 먼 중심 바다에 이르고, 그 길목 어디메쯤 이마를 빛내며 못 보던 섬 하나 떠올라 내 눈섶 높이에서 나를 에워싸는 수평선, 나의 그리움은 여기에서 비롯되어

내 목숨은 저문 강, 그 위에 헝클어진 가는 실 꾸러미. 나도 죽으면 무슨 새라도 한 마리 될까 몰라. 그래 달빛 나르는 나룻배 귀퉁이, 내리는 저녁이라도 즐기겠거니

내 썩은 몸 빈 상여 삼아, 갈 길 모를 영혼이 그냥 석 달 열흘이나 살다가 뜻도 모르고 곡조도 모를 노래 흘리며 구렁이처럼 푸른 치마 속으로 사라져 가데. 내 가슴속 그 어디서 이렇게 많은 시름 이렇게 많은 눈물이 흘러나왔는지

지켜보면
또 휘늘어진 달빛 속
떠나가는 배.

부푼 돛과 함께

등대선

1

긴 어둠 끝에서 풀려나는 새벽 바다 기슭을 돌며
달리는 말 잔등에 태양의 첫 햇살을 태우고 나는
새 울음소리 철썩이는 해안으로 바람 일으켜 갔다
조금씩 생기를 찾기 시작하는 세계
그러나 손수건처럼 흔들리고
썰물 지는 파도를 따라 빠져나가던 새 떼들이
일생 동안 하늘 기슭의 쓸쓸한 구름 위를 거닐다가
해 질 녘이면 날개 버리고 돌아와 불타
죽는다는

가시나무 숲,
헝클어진 둥지 아래
내 거품 몰아쉬는 말과 함께 다다를 즈음
햇살은 한 걸음 먼저 와 몸을 풀고
한 잎 한 잎 등불 거두는 별 꽃들
갑자기 난 아버지가 보고 싶어졌다
—아버지, 푸른 문은 이미 닫혀지고
　당신이 남긴 피ㅅ방울 방울마다
　불꽃 튀며 새로운 하늘이 열리고 있네요

저물 녘이면 붉은 열매 물고 떠나간
새들의 깃털도 보이고요
풀어지는 바람의 실 꾸러미에 아이들은
연을 날리고, 날아가고요

2

먼 하늘 건너 새 떼들이 돌아오는
해안에서, 살 속으로 저며 드는 어두운 바람 속에서
마지막 등대의 불 지핀 지금은
헛새김질하는 어린 말의 갈기를 쓰다듬으며
단단하게 말굽을 다시 박아야 한다
흔들리는 빛의 중심에서부터
나를 비워 가고, 한 세계가 사라져야만 열리는
푸른 공간

누가 물 묻은 손으로
내 꿈의 열쇠를 만지고 있나
별의 징검다리 건너다니며 나는 그날
무엇들의 이름을 그렇게 부르고 다닌 것일까
—아버지, 내가 띄우는 종이 연 타고

태양 찾아 떠나가며 당신이 피운 그 노을 바다
아직도 저렇게 신음하고 있네요
길쭉한 바람 채찍으로 내가 팽이를 돌리듯
지구 밖에서 내 별을 돌리시는 아버지
발을 헛딛어 굴헝 속으로 떨어진 뒤
가시나무 숲 별똥별로 돌아와
살아 있는 모든 가시 불태우는데

3

푸른 천정 위
상한 별들을 팽이 채찍으로 돌려 보던
어린 날, 집 앞 개울에 띄워 보냈던 종이배가
돛의 맨 끝에 등불 켜고 하늘의
중심 밝히고 있다

타는 금모래 빛 기슭 밟으며
숨어 있는 태양 찾아
나는 땅 밑으로 내려가고 싶었다
한눈 파는 사릅의 말을 재촉해
별 꽃들이 눈을 뜨기 시작하는 해안에 이르면

둥근 지붕 두드리며 먼 길 돌아오는 북소리, 북소리
—저것 봐, 찢어진 돛대 내리고
　물과 고기를 구하기 위하여
　보이지 않는 것까지도 더듬어 가는
　처음 보는 장님들의 지팡이를 좀 봐
　그 끝에서 부서져 건너오는 낮은 바람 소리

물의 지붕

죽음이 나를 생각하고 있을 때
나는 강을 보고 있었다.

빛나는 천정 위에서 별들은
푸른 거미줄을 타고 내려와
물의 지붕 위에서 오래도록 머물더니 새벽녘
저마다 보석의 눈을 뜨고
집으로 돌아간다.

새로운 눈으로 태양을 보기 위해서는
물 밑으로 내려가지 않으면 안 된다.

숲에 갇혀 있던 나무들도
검은 옷을 벗고 싱싱한 알몸으로 되돌아가기 위해서는
나와 함께, 지금, 이 순간부터
물의 거대한 무덤 속으로 내려가지 않으면
안 되는 것이다.

지금까지 내가 이룬 모든 숲,
언덕, 그리고 지붕까지

차례로 부순 뒤 굴뚝을 막고
　　마치 빗방울이 나무 기둥을 타고 거꾸로
내려가 뿌리의 캄캄한 방 속에서
석 달 열흘을 견딘 후 내밀한 힘, 피로
변하듯이, 그렇게

나는 나의 변신을 꿈꾼다.

해초의 눈

1

약초를 캐러 다니던 내 어릴 적
세상은 흰 손수건 한 장으로 덮여 있었다
눈 속으로 무릎을 빠트리며 땅 깊숙이
또아리 튼 꽃뱀을 찾아다니다가
첩첩이 가로막는 산 몇 개와
훔칠 것 하나 없는 벌판 몇 장인가를 지났을 때
약초 한 뿌리도 없이
난 처음으로 눈을 뜨고 바다를 만났다

2

숨 가쁘게 열꽃 피우는
어머니 까맣게 잊어버리고
눈 덮인 작은 세상의 벼랑에서
한 그루 얼음 기둥으로 서 있는 동안
얼마나 많은 햇덩이가 주렁주렁 맺히고
달이 되어 익어 갔는지 난 알지 못한다
다만 내 몸을 흐르는 맑은 피 소리
다시 들으며
문밖으로 한 발자국 내딛었을 때

등 뒤에서 무너지는 산 하나가 있을 뿐.

3

내 처음 그대와 살을 섞었을 때
그대는 작은 파도 한 잎을 보내왔다
깊숙이 들어갈수록 크게 만나는 푸른 꽃잎
헤치고 그 위로 달아오르는 노을도 지나
몇 천의 밤낮을 저어 가도 손에 잡히지 않는 붉은 열매
어둠만 밀려오고
보았다. 세상 향해 맑은 물 뿜어 대는
일찍이 내 땅에서 숨을 쉬었던 물고기들을

4

갑자기. 산같이 솟구쳐
한 포기 바다풀로 나를 가라앉히는 삼각파도
온갖 어지러움 사라지고 너무 적막하여 무한한 여기는
할아버지 적 바닥 모를 설움이 있어
셀 수 없이 세상 밖으로 꽃을 피우고
그 속 해말간 샘물엔 열매 익어 가는 하늘도 거꾸로 비
치는데

아, 거기 숨어 있는 미치도록 이쁜 어머니 얼굴

5

내 눈을 뜨기 오래전부터 저 바다 속에는
무한량의 소금 만드는 맷돌이 있어
모든 생명 싱싱하게 한다
몸에 남은 비린내 피 묻은 상처 모두 헹구고
내 어릴 적 깊은 산중 오솔길을 더듬어
일생 동안 약초 한 뿌리도 손에 쥐지 못한 채
아직도 열꽃을 피우고 있는 어머니
타는 이마를 만져야 한다
내가 한 뿌리 약초가 되어야 한다

안개와 불

한 뼘 내 가슴속에 헤아릴 수 없이 많은
화산들이 숨어 있다는 것을
사람들은 모를 것이다.

모를 것이다, 왜냐하면 내가 매일 매일
해 질 녘의 가지 끝에서 따 먹는 태양이
하나의 씨앗도 남기지 않았으므로,
그리하여 아침마다 피어오르는 꽃의 이마에
피ㅅ방울 흔적조차 보이지 않았으므로,
물의 전설을 믿고 골짜기 낮은 곳에 모여
보이지 않는 숲을 이루고 있는 그대들은

절대 모를 것이다. 내 지나가는 걸음 뒤
저 어두운 산맥 속에 어떻게
쉬임 없이 불의 씨앗이 심어지는지
어둠이 제 얼굴을 비춰 볼 수도 없는 어둠이 와도
가슴 두근거리며 몰래 숨을 쉬다가
내가 손짓하면 왜 단 한 번 터지는 사랑으로
모든 죽어 가는 것을 감싸 안는지

그러나 지금은 내 가슴속 출렁이는 공기를 타고
태양이 그 예지를 살 밖으로 뻗쳐 가지 않도록
먼저 내 꿈의 고삐를 단단하게 잡아당겨야 한다.
그 뒤에 튀어 오르는 팽팽한 힘으로

저 산맥 속에 잠자는 숯 한 낱을 꺼내
이슬 무덤 그득한 네 나라를 다스리겠다.
수세기 전부터 내 꿈을 이루고 있는 투명한 밧줄
캄캄한 지층 속으로 길게 내려 보내
지금 내가 딛고 있는 땅 천 길 깊은 곳에 사는 불덩이를 불러들이고
아직도 거처 없이 모래와 열병만이 사는 사막을 헤매고 있을
발목 잘린 바람의 무리들을 손짓하여
그 끝없었던 네 나라, 이름 모를 눈물을 불사르겠다.

내가 눈썹 위로 횃불 한 묶음 켜 들고 낮은 곳으로 내려가자
어둠의 가장자리에서 가장자리로 질러가는
말발굽 소리가 울렸다.

마지막 목숨을 모두어 뜨락에 꽃 한 송이 피운 그대여,
잠깐 길을 잡아 내려오는 번개 기둥을 붙잡고 묻노니
다함없이 솟아나는 샘물은 어디에 있는가

나무

진종일 긴 머리카락 맞대고 사색하는
숲의 중심에
흔들리지 않게 물이 숨을 쉬고 있다
보이지 않는 곳에서 뿌리들은
더 캄캄한 곳을 찾아 내려가고
천상의 영역을 넘보는 가지들의 가장자리에
먼저 꽃이 마련되면
생각은 그 끝에서 한 주머니 씨로 맺혀
조심스럽게 열매를 준비한다
바람이 불었다

바람이 불었다
터지는 가슴으로 흔들리는 경계 넘나들며 발돋움하다가
가라앉아, 낮은 곳에서 만나는 대지의 힘
비어 있는 하늘 메워 가며
충만한 물의 정신 깊숙이 뿌리를 박고
더 열심히 생각을 꽃피운다, 꽃피워
어느 하나 빈 곳이 없을 때 힘차게
전신으로 일어서는 숲

태양은 온 힘을 다해 수직으로 하강하기 시작한다

나는 점점점 피가 말라 가는 것을 느낀다

백년꽃

그리고 나는 꿈꾸기 시작하였습니다

내가 눈을 떴을 때 나뭇가지 사이 집을 짓다만 새 둥우리에 이미 달빛 가득 고여 출렁거리고 물풀의 머리카락 사이로 금잉어들은 몸을 숨깁니다 어디서부터 이야기를 해야 될까요 나무들은 왜 그늘을 기릅니까? 어둡습니다 비켜 주십시오

하지만 별들은 압니다 연못 깊은 곳에 누워 내 긴 혈관 통해 은밀히 숨을 몰아쉬는 어떤 거대한 힘을, 그러면 어쩔 수 없이 나는 부끄러운 속살 보이고 별들은 날아와 내 입술 훔쳐 갔으니까요

그런데 누가 내 곁에 생각하는 램프와 둥근 거울 갖다 놓았을까요 나무나 바위 뒤에 몸을 웅크리고 나를 훔쳐보는 소년들 진작부터 알고 있었지만요, 달빛에 반사되는 내 붉은 입술 보며 나는 한밤에도 피가 끓어 뜨거운 꿈, 꾸기 시작합니다

사람들은 왜 나의 씨앗을 가져갈까요 그걸 먹을 때마다

한 가지씩 아픈 기억이 잊혀진다고 합니다만 나는 모릅니다 내 살 속에 그런 신비한 힘이 숨겨져 있다니요

만월의 달도 기울고 나이 들어 입술 지저분하니 더 이상 황금 거울도 필요 없을 때 그때는 나도 나의 씨앗을 필요로 하겠지요 그러나 지금은 속살의 향기 마음껏 퍼트리며 온갖 벌들을 불러 봅니다

달의 현상

태양의 시선이 닿지 않는 곳에서도
달은 충분히 스스로 익어 갈 수 있다
알맞은 거리를 두고서
헝클어진 내 머리 위를 천천히 돌면서
그러나 언젠가는 멈출지도 모른다
멈추며, 다시 한 번 그윽한 눈길로
내 부끄러운 꽃잎을 비춰 볼지도 모른다
그렇다면, 이제 나의 꿈은 식물성이다

꽃피는 내 심장의 방에서 뿌리의
어두운 통로에 이르기까지
함부로 뛰어다니며 울부짖는 짐승의 피
나는 깊숙이 외로움을 느낀다
이미 전설적으로 빛나고 있는 꽃잎들
태양 아래 서면 금방 눈부시게 불타오르고
멀지 않아, 물은 엎드려 잠든 대지
흔적도 없이 단숨에 삼켜 버리리라

처음으로 다시 돌아가고 싶어 하리라
나는 웅크린 형태로 저 달을 바라본다

천지 가득 출렁거리는 물과 함께
언젠가 터질 듯 차오를 때까지,
드디어 완전한 생명의 순간이 오고
드디어 새로운 운명의 어머니가 되기 위하여

눈을 감으며 나는
충만한 그 무엇을 들이삼킨다 모든 작업은
조용히 분주하게 계속되고 있다
반죽된 흙 속으로부터 쉴 새 없이
온갖 생명들이 걸어 나온다
섬세한 뿌리의 힘으로 물 끌어올려
비밀의 꽃잎과 살을 섞게 하고
식물성인 나의 아이들 그 밑에 키워 간다

태양이 내 꿈의 반을 지배하는 여기에선
네발 달린 것들 들로 산으로 내던지고
타원의 알을 꿈꾸는 것들 어깻죽지에
투명한 날개 붙여 푸른 공기 속으로 날려 보낸다
다시 누가 나를 흔들어 깨울 때까지
그리고 나는 긴 잠을 잔다

독수리

태양의 열이 그 긴 길을 걸어
내 몸을 움켜잡을 때까지 난,
죽어 있었다. 아니 죽어 있는 것처럼 느꼈다.

흐트러진 덤불 속에 웅크리고 앉아
단단하고 둥근 벽으로 나를 숨기고
어떤 침입자도 절대, 허용하지 않았다.

내 몸에서는 살이 썩는 냄새가 났다.
머리카락이 빠져 나가고 이빨과
손톱 발톱이 허물어졌다. 난

날고 싶었다. 단 한 번
날개를 처음으로 해서
단숨에 큰 하늘까지 날아가고 싶었다.

내 꿈보다 한 층 더 높은 곳에서
뜨거운 공기가 천천히 지나간다.
어떤 말도 말할 수 없는 순간이 다가오고

온몸이 근질거리며 붉은 피가
선명하게 움직이기 시작하면서 나는
눈에 띄게, 힘을 되찾아 간다.

부숴라, 더러운 껍질 찢고 솟아난
나의 부리, 나의 발톱이여 어떤 적도
부수고 솟아올라라, 태양 속으로

호랑이

태양이 나를 만들었다
그의 빛나는 눈썹 하나를 뽑아
뜨거운 숨 불어 넣음으로써 바람이
푸른 머리카락의 숲을 빗질하는 동안
장차 나의 아름다운 먹이가 될
발톱 약한 짐승들이 살을 찌우는 동안

가슴에 운명적인 불의 영광을 품고
나는 이곳에 왔다 땅의 중심에 뿌리박은
거대한 나무를 타고 한 발씩
지상의 낮은 곳으로 내려올수록
풋풋한 비린내와 아직 순결인
미치도록 향기로운 빛이 내 몸을 감쌌다

내 눈 속, 두 개의 불꽃
환하게 빛나지만 타오르지 않는
또는 무서운 식욕으로 살과 뼈까지
닥치는 대로 먹어 치우는, 서로 다른 태양의 꽃
강철의 이빨 드러내며 울부짖을 때마다
온몸의 감각으로, 나는 그것을 느낀다

나의 힘, 악취 나는 곳 딛을 때마다
터지는 분노 뜨거운 피 땅 밑을 흐르고
고동치는 맥박 따라 뿜어 나오는 불과
검은 재로, 살아 움직이는 것들
단숨에 덮어 버리며
단단하게 굳게 하는 나의 힘

이제 지상은 새롭게 변모한다
빛은 종일토록 머리 위를 비추어
나무들은 알을 품고
그 뿌리로부터 생명의 강이 흘러 나간다
내 타오르며 다시 태양을 향해 솟아오를 때
사람들은 흔히 보지 못한다, 나의 날개를

만일 먹장구름으로 지상이 가려진다면
태양은,
어깨 위에 앉은 독수리 몇 마리 풀어 줄 것이지만
너희들은 숲의 제단을 준비하여라
내 번개의 칼 수직으로 내리칠거니
천둥소리로 그것을 신호하리라

까치야 까마귀야 지금도 검은 예복을 입고 날 기다리니?

피리 나의 피리 갈대
구멍, 젖은 입술 뜨거운 숨
불어 넣으면—밀려가는 구름 흐르는
물 태양은 빛나고 나는
시인 갈대 피리 황소 잔등 위에 누우면
    춤추는 공기의 물결 타고
검은 코트 검은 모자 흰 손수건의
까치 까마귀들은 찾아와 나는
시인 지상의 마지막 음유시인

나의 노래—피리 구멍 입술 끝으로
전해 내려온 땀에 젖은 노래
나무를 타고 그 위의 햇빛 넝쿨
손에 이끌려 구름 위로 오르면
베 짜던 손 멈추고
    가락에 취해
별들의 정원에서 내려오는 녀자
투명한 옷 입고 맨발로 춤추며
내 곁에 누운 태양의 딸

날은 저물고 푸른 조개껍질
둥글게 지평선 감싸 안으면
우리 땅 밑의 돌들처럼 뜨겁게 타올라
하늘 바다 경계 없이 함께 뒹굴며
노래 잊고 열꽃 피워 가는데
　　번개, 가슴 가르며 푸른 금 그어 가
내가 너의 섬이 되고
네가 어떤 그리움으로도
내 곁에 다가올 수 없을 때

나는 눈먼 시인 갈대
피리 입술 끝— 피를 적시고
캄캄한 하늘 건너 노래 부른다
일곱 까치 일곱 까마귀들은 꼬리 물고 떠올라
다리 이어 주지만 날개 펄럭이며
　　옛집으로 내려가자고 하지만
그들은 모른다 나는 다시
지상으로 돌아갈 수 없다는 걸, 이 밤
나를 위해 마지막 피리를 불리

숲의 전설

하늘님의 아내를 닮은 나는 새벽이슬과 함께
이 숲에 왔다 언제나 나뭇잎은 부드러웠고
맛있는 열매가 번갈아 가며 열렸으므로
무엇보다 나를 원하는 사람이 있었으므로
그는 나무 그늘 아래 누워 도끼를 놓고
땀을 씻고 있었다 내 투명한 옷은 아름다웠다

나는 안다 아직 내가 그를 충분히 길들이지 않았음을
공기만 먹고 살았는데 햇빛만 입고 살았는데
내가 나뭇잎을 보고 말을 건넸을 때
수런거리던 뿌리들의 마음처럼 그가
바위 뒤에 숨어 내 옷을 눈여겨보고 있음을
나는 모두 투명하게 안다

두 아이를 잠재운 이 저녁
오막살이 낮은 자리에 누워, 한때 내
나비처럼 살던 곳을 바라본다 모르는 사람이
오늘은 무척이나 많이 죽어 어지럽게
푸른 별이 켜지고 덩달아 달도 크게 웃는데
말 못하는 나무 부둥키고 나는 울었다

아무도 대답해 주지 않았다 내가 옷을 벗어
나무에 걸어 놓고 맨살에 찬물을 끼얹을 때
왜 마른번개가 숲을 태우고 천둥이
말달리며 구름 위를 지나갔는가를
내가 그의 몸을 받아들이는 순간
내 투명한 살이 다른 그 무엇으로 변해 버렸음을

나는 모른다 늙은 열매만 툭 툭
발등 위로 떨어져 내 몸은 자꾸 무거워지고
별들은 별들끼리만 이야기하고 내 귀는
나무껍질처럼 두꺼워져 알아들을 수 없다
숯장수인 내 애인은 밤새도록
불타는 아궁이 속으로 나무둥치를 집어넣는다

날이 새면 그는 허리춤에 도끼를 꽂고
더 높은 나무 찾아 나간다 날개 달린 짐승들
고함질러 다른 숲으로 몰아내고 사정없이
밑동을 찍어 간다 그의 여자인 나는
태양보다 뜨겁게 숯가마에 불을 지펴야 하지만, 별아
네가 다시 내 뜰의 공깃돌이 될 수만 있다면

구름아, 새야, 내가 다시 너의 잔등에 엎드려
서 있고 누워 있는 산이랑 들판이랑 굽어볼 수만 있다면
좀먹고 색 바랜 궤짝 속의 날개옷
나는 날 수가 없구나 돌 같은 아이들 품에 안고
옛날의 우물 곁에 다시 서 본다 나뭇짐을 진 그가
돌아오기 전, 푸른 물속을 굽어본다

아직도 두레박은 있을 것이다

불의 잎

1

일찍이 내 방랑하는 영혼 수천을 거느리고
마흔 날 동안 황야를 지날 때
바람은 가느다란 손가락 끝으로 쉴 새 없이
모래언덕을 세우고 무너뜨리며
그 너머 기슭의 푸른 숲을 갈증처럼 보여 주었다
불붙는 가시나무 그렇게도 목마르던 저녁노을이며
머릿속에 둥지 틀고 알을 까던 새들의 환청 뒤
갑자기 나타나 소리치던 번개
그 풋사랑을 나는 잊지 못한다

2

그대가 심어 논 노을 속 타는 불꽃 한 송이 꺾어 들고
검은 갈기의 야생마 위에 오르는 어둠
겨울에서 겨울까지 이르는 기나긴 벌판을
한 번도 쉬지 않고 달려와
내 가난한 뜰에 불을 댕긴다

죽어라, 죽어
그리하여 시퍼런 불씨만 남아

밤새도록 내 눈꺼풀 속 어두운 숲 위를 날아다니고

3

겨울의 기인 터널을 지나
맑은 햇살 아래 이처럼 마주 서도
진실로 우리가 우리의 얼굴을 모르듯이

내가 모르는 저 아득한 곳에서
해와 달이 만나
성숙해 가는 과실을 준비해 가고 있음을

그대여! 이처럼 목마른 가지 위에
어찌 꽃잎 하나 피워 주지 않나요

4

밤의 흙을 퍼낸다
내 절망의 삽을 곧추세워
밤의 싱싱한 가슴팍에서부터 한 삽씩 흙을 퍼낸다
마치 그대가 둥근 꽃사발 위에 첫발을 내딛을 때
어깨 위로 날아와 앉던 새 떼들처럼

봄은 그 땅에서 제일 먼저 일어나 붉은 꽃을 피우고
눈 뜨고 죽은 영혼들 불러들이리니
모르리, 불꽃 나무 앞에서 꿈을 꾸는 자는

나무 그늘 아래 새의 울음이 은전처럼 반짝이고
나 태양의 세계를 꿈꾸었음을

점성술사의 꿈

내 그렇게 불의 말씀으로 꿈꾸는 태양과 만난 뒤
열흘이나 가도록 남아 있는 입술의 촉감
설레는 마음 붙들어 지붕 위에 오르면
찢어진 눈을 뜨고 내려다보는 하늘의 섬

잃어버린 내 유리구슬이
무한 중력으로 굴러 가는 곳은 어디일까
어느 지혜의 밧줄로도 그 깊이를 알 수 없는 물속을
거슬러 오르는 새 떼들

단단하게 묶여진 행로의 손을 풀고
어두워지면 갈데없는 태양의 무리들을 끌어 모아
내 핏줄 속에 함께 구르게 하면서
나도, 초록 가슴 내밀며
아무도 열어 보지 못한 문 위로 온몸을 던지고 싶었다

나는 빛의 노예
아주 미미한 마음 밭 불의 씨앗이라도
거두어 공양하면 이 잠, 이 어두움 열릴 수 있을까
내 오늘, 천둥소리로 헝클어진 머리 빛으로 다듬어질까지

번개 줄 같은 나무 기둥 아래 가부좌 틀고 앉아
천 년 어둠으로 길들여진 돌칼 꺼내
단숨에 태양을 가르리라

그때 내 마음 한갓진 곳으로
처음 보는 새
양 날개 속에 태양의 알을 품고 있는 새 날아와
이제사 열리는 이승잠 오, 이승의 꽃잠
풀어 다오, 내 온몸 이대로 송두리째
던지겠다 내 꿈을 풀어 다오
불을 사욕하는 단 하나의 신, 태양이여

화석의 꿈

나 홀로 걷는다면
내 목숨만큼의 빛을 담은 등잔 하나를 들고
태양의 뜨거운 손으로 경작된 모래밭 지나
목마를 때까지 걷고 걸어간다면
삶의 반대편 땅에 거꾸로 설 수 있을까
거꾸로 서서, 이 갈증 적셔 줄 샘물 다함없이 마셔 줄 수 있을까

천 년 묵은 태양은 사정없이 대지를 두들기고
성숙한 여인들은 젖가슴 속에
두 마리 은빛 새를 몰래 키워 가기도 하지만
내 천 날의 피를 뿌린 나무는
구름 위까지 덩굴 뻗어
붉게 익은 태양의 열매를 따 먹기도 하면서
세월 거슬러 올라가는 새 떼들을 바라본다

나를 감싸는 이 불꽃은 무엇인가
내 원하는 것이 있다면
그것은 열매, 물과 빛이 섞여
새로운 땅 만들어 가는 위대한 씨앗

그것은 단 하나 내가 원하는

별들은 서로의 눈을 향해 푸른 창을 던지고
오랜 기억의 바다를 스쳐 오는 바람 나의
나무의 살과, 살 부빈 새벽 숲 속의 안개
나와 나 사이를 흐르기 시작한다
첫 계집의 비린내 나는 그것, 찢어 버려
세로로 길게, 더욱, 길게

이 땅의 마지막 주인인 시간
그의 눈빛에서 잉태된 한 줄기 푸른 번개, 너일지라도
오라, 내 팔을 꺾어 만든 황금 가지를 들고
떳떳하게 맞으리니 어서 오라
죽음이여

언젠가는 죽을 것이다, 죽어서라도
내 썩은 살 위로 헤아릴 수 없이 많은 지층이 겹쳐지고
겹쳐진 뒤 찾아오는 내 먼 자식들에게
나는, 단단한 돌 위에 새긴 뼈
하나의 화석으로라도 내 꿈의 형상을 보여 주고 싶다

시간의 춤

빛이 내 몸을 일곱 바퀴 반이나 감는 동안
나는 오직 눈썹 한 번만을 움직였을 뿐
아무런 주문도 외지 않았다

이제 그만, 그만 놓아 다오
별들의 나이보다 오랜 순간부터
내 몸을 칭칭 결박한 이 빛의 사슬
움직이면, 그것보다 더욱 커다란 힘으로
살 속에 파고드는 차가운 쇠의 촉감인
이 보이지 않는 사슬, 놓아 다오
그만, 제발 이제는 그만

내가 만일 이 별에서 다른 별로 성큼
건너뛸 수만 있다면
시간의 캄캄한 등 뒤로 물러서서
어느 누구도 엿볼 수 없는 꿈을 꿀 수만 있다면

나는 처음 태어난 곳으로 돌아가고 싶다
세계는, 습기 찬 동굴로 나를 감싸고
그 중심에는 언제 피어오를지 모르는

은성한 별의 씨앗들이 뿌려져 있다

누가 내 삶의 물레를 감아올리고 있나
방황하는 영혼들 한데 모아
나는 흔들고 싶다 어느 울림이
내 귓바퀴의 세반고리관을 돌아 빈 몸 가득 울릴 수 있을까
울리며, 내 남은 목숨의 분량을 알려 줄 수 있을까

아직 태어나지 않은 시간이여
내가 기다리는 단 한 줌의 공포
나는 없다 만져 볼 수도 없는 먼지의 입자가
낯선 형체를 이루고 있을 뿐이다

저녁 산책

갈수록 저녁 산책 시간이 빨라지고 있다. 가을이 오기 때문이다.
나는 맨발로 서회귀선을 밟고
저녁 해가,
지평선 위에 사형수의 목처럼
걸려 있는 것을 바라보며 산책을 시작한다.

읽고 있던 탁발 승려의 시집은
나무 책상 위에 접어놓았다.
이제 곧 이교도의 사원 위로
불타는 날개 이끌고 까마귀 떼 돌아오리라
황혼의 종이 울려 퍼지면
단식일의 황금 촛불이 켜지리라

만가를 부르며,
언젠가는 우리 모두 가야 할 곳으로 돌아가는
구름의 장엄한 행렬 뒤
초저녁 별 개밥바라기 피어오를 때
새들은 둥지 속으로 돌아가 알을 낳는다. 나도
새가 되고 싶었다. 그녀들이 불러만 준다면

그 곁으로 날아가
꿈꾸는 알을 낳고 싶었다.

새들은 굽은 부리로 하늘 벽을 쪼아
일곱 개 푸른 별을 만들어 가고
아직 태어나지 않은 말 울음소리 들으며
나는, 내 긴 그림자를 밟고 서회귀선
빈집으로 돌아온다.

나의 집은 나의 몸

그 다음에 나는 나의 몰락을 향하여
장엄한 첫걸음을 내딛었다
해는 지고
박쥐들이 빈 몸 어두운 천장 위로 찾아와
날개 치며 피를 빨아 먹는 더 늦은 저녁이 되기 전
나는 나의 집을 찾아, 나의
위대한 몰락을 찾아
언덕 아래로 내려가야 한다

어디에 나의 집 나의
아내가 굴뚝 열고 기다릴까마는
머물면 그곳이 나의 집이 되었고 집 뒤의
나무들 또한 나의 나무가 되었으며
내가 이름 붙여 주는 대로 그들은
그들의 이름을 갖고 살았지만

피를 뿌려,
살도 한 근쯤은 베어 푸줏간에 걸어 놓고
검은 머리카락 다시 자라날 때까지 나는
내 몸속으로 내려가 숨을 멈추고

앉아 있었다 불을 끄고
벽만 바라다보았다

내 그림자는 벽 위로 자라나
나를 잡아먹고 지평선 덮으며
거미들을 풀어 놓는다 동굴의 목구멍에
나무와 나무 별과
별 사이에 그물 집을 짓고
기다린다 내 죽은 뒤 나의 손톱 나의
머리카락은 여전히 자라날 것이지만

별들도 가슴속에 남들이 알지 못하는 지평선
하나씩은 품고 있을 거라고 생각하면서
그들의 눈빛과 나의 눈빛이 하나로 마주쳐
이대로 죽음이 와도 좋다고 생각할 때
나는 깨어났다 그때

태양이 떠오르면서 내 몸을 박차고 솟구치는
수천의 황금새여!

생명나무

내 가산에는 나무가 한 그루밖에 살지 못했다. 어떻게 바람을 타고 들어왔는지 많은 씨앗들이 다리를 내렸으나 하나같이 시들어 가고 오직, 붉은 열매 맺는 나무만 무성하게 그늘을 키워 갔으니, 내 철없이 그 나무에 기어올라 열매를 따 먹고는 온몸이 뜨거워져 천 일을 잠들지 못하고 물이란 물의 모든 상류를 더듬으며 돌아다녔더라. 캄캄한 어둠이 무시로 내 발을 계곡 속에 빠뜨리고 늪 속에 집어 넣고 겨우 검게 탄 핏덩이 한 바가지나 뱉어 낸 후에야 다시 처음처럼 빛이 쪼였느니

아직 눈뜨지 않은 들판 가로지르며 상처 입은 영혼들의 뿌리 섬세하게 어루만지는 강가에서, 한 두레박 물을 길어 몸을 씻은 뒤, 종일토록 걷고 걸어 별빛에 내 꿈을 비춰 보았으니, 내가 그 땅에 발을 딛은 후 맨 처음 한 일은 중심의 흙을 파고 붉은 열매 씨앗을 심는 것이었다.

그날 밤, 나는 지상의 모든 강줄기가 붉은 몸뚱이를 뒤치며 내 손바닥 안으로 흘러 들어오는 꿈을 꾸었다.

내가 이룬 한 세상 지워 버리고 다시 처음으로 돌아가

게 하려는 홍수. 어느 강물도 나를 가라앉히지는 못하리. 천 일 동안 나의 꿈은 캄캄한 진흙 속에서 웅크리다가 실눈 뜨고 기어 나와, 푸른 손으로 빛을 끌어당긴다. 그 아래 가부좌 틀고 앉아 있으면 들려오는 신화. 땅 깊숙이 내려간 나무뿌리는 숨어 사는 비밀의 물과도 대화할 수 있나니 그 물을 첨벙첨벙 밟고 뛰어다니는 검은 발은 다 누구의 것들이냐.

나를 이곳에 묻어 다오. 나와 같은 피를 가진 자식들 쉬지 않고 꽃을 피우게. 그리하여 거대한 나무로 자라나 처마 밑에 붉은 열매 맺혀 가게. 그때 튼튼한 꿈의 가장자리로 황금빛 새가 날고 우리들의 등 뒤로 소리 없이 가라앉은 저 붉은 강은

가자, 흰 말을 타고

1

여자 이름을 가진 태풍은 그녀의 검은 머리채를 흔들어 비를 만들며 사라센의 칼처럼 휘어진 해안에서부터 중산간의 측화산 지대를 거쳐 중앙의 분화구 쪽으로 이동해 갔다.

선박들은 방파제 안쪽에서 이웃끼리 튼튼한 밧줄로 얽어졌으며 유리 창문은 못질되어 모조리 닫혀졌고 등대섬 덮어 버리며 바다는 강인한 근육의 어깨를 일으켜 침입해 왔다.

밤새도록 잠 못 이루는 사람들이 많았다. 숨 막히는 두려운 정적과 수상한 바람. 그때는 우리가 태풍의 눈 속에 갇혀 있는 줄 미처 몰랐다. 처음에는 아내의 머리채를 휘감으며 독버섯처럼 검은 구름이 감기고

다음에는 이상한 기운이 마을을 떠돌며 얇은 흙먼지가 일더니 마침내는 땅에 뿌리 박고 있는 모든 것을 날려 버릴 듯한 바람이 바람과 함께 불어 젖히는 것이었다.

2

아무도 움직이지 못했다. 어떤 말도 말이 될 수 없었다. 모슬포 장에서 사 온 물외를 씹으며 나는 씨를 뱉어 내는 데 열중할 뿐이었고, 아내는 머릿수건을 벗으며 탁한 목소리로 술을 찾았다.

우리의 지붕 위로 삼지창 같은 빗줄기가 무더기로 박히고 수다쟁이 동네 여편네처럼 작은 물방울들이 소문을 만들더니 개울로 그리고 마침내 바다로 빠져나갔다.

파도는 우리 지붕을 섬으로 만들며 사위에서 날카로운 금속성 소리로 떠들어 댔고 아내와 나는 등불을 끄고 캄캄한 방 안에 앉아 물끄러미 서로 마주 보는 것이었다.

3

그 다음 날에도 바람은 계속해서 유리 창문을 들썩여 댔고 날이 밝았는지도 모를 지경이었으며 고추 밭은 처참하게 전멸당했다. 빗방울은 아무데나 날카로운 창끝을 처박았다.

산 중턱이 무너져 서회귀선, 대처로 가는 태양의 길이 막혔다. 언덕 아래로 마구 바위 덩이가 날아다녔고 죄 없는 자만이 그 돌을 맞을 것이었으며 모두들 지켜보기만 할 뿐이었다.

나는 아무래도 우리 집 지붕이 걱정이 됐다. 태풍은 우리를 표적으로 삼고 돌을 날리는 것 같았기 때문이다. 처마 끝이라도 붙잡고 싶었으나 아내는 한사코 고개를 저어대는 것이었고 나 또한 그 뜻을 알 것만도 같았다.

4

나는, 악마의 언덕에서 도망치는 그녀의 뒷모습을 보았다.

짙은 안개와 구름이 둥그렇게 에워싸고 버티었으나 태양은 황금 거울로 그들의 눈을 멀게 하였고 그리고 불의 마차에서 내려 천천히 다가갔다. 그녀는 고개를 숙였다. 검은 머리채가 발뒤꿈치까지 닿았고 알몸이었다.

백여우는 세 번 재주를 넘어 눈부신 처녀가 되어도 긴

꼬리만큼은 절대 감출 수가 없는 법이다. 이제 바람은 들녘의 풀잎들을 부드럽게 긴 혀끝으로 애무할 것이고 곧 새로운 전쟁이 시작될 것이다.

나도 그랬다. 며칠 전 일곱물 때인가 낚시를 던지다가 훔쳐본 전복 캐던 처녀의 앞가슴이 자꾸만 생각나는 것이었고 곁눈질로 본 아내도 나처럼 다른 생각 내키는 것이 있는 모양이었다.

이 죄어드는 수평선 넘어 비루먹은 말이라도 타고 달려야 할 텐데

방화

아무도 내 꿈이 문에 꽂혀 있는 열쇠를 통해
우주와 연결된다는 것을 모른다 나는
두꺼운 나무 속에 거꾸로 누워
꿈꾸는 새들의 잠을 흔들어 깨우고
서서히 걸어 들어간다 소아마비 환자처럼
죽음은 걸어가면서 고개 조아리는 새벽 숲
속의 모든 열매 거두어 깊이 모를 주머니
속에 마술처럼 집어넣는다 마치 우리가
날 저물면 발밑에 엎드린 그림자 접어
어둠의 선반 위에 남몰래 간직하듯이
말 못하는 나를 다듬어 이렇게
꿈꾸는 피아노로 만든 사람은 누구일까?
바람일까, 공기의 얇은 야채를 비스듬히 썰어 가는
빛일까, 나는 한낮의 숲 속을 지나
부풀어 오르는 열매 차가운 면도날로 쪼개어
야생적인 꿈의 들판 위에 채곡채곡 쌓아 놓고
지평선 밑으로 내려간다 손에 불을 쥐고
저녁의 꽃 한 송이 아직도 나를 기다려 줄까

어두워질 때까지

그 말 못 할 눈빛을 품고 대지에 입 맞추는
태양의 저녁나절 나는 단춧구멍에 시든 꽃을 꽂고
지금의 내 나이에 목을 졸랐다는 아버지
붉은 넥타이로 허리를 감고
갔다, 너 설레이는 지평선에게로

구름은 잠시 머물기를 원했다 나는 허락했다
그의 이마가 뛰어나게 빛나지는 않았으나
적당히 부드러웠으므로 그의 입술이 충분히
달지는 않았으나 어머니만큼 깊었으므로

바람은 멎고 공기는 투명하게 숨구멍을 열어
채식으로 가벼워진 내 살갗을
정갈하게 씻어 갔다

최후의 빛과 구름이 손을 잡고 헝클어졌다
다시 풀리는 황혼 속에서 오랫동안
나는 기다렸다, 빛나는 날개를

나뭇잎은 나의 시

내가 태양을 마주 보고 서 있을 때
나의 등 뒤로 길게 드러눕는 그림자와 함께
천천히 가슴 맞닿아 가는 하늘과 땅
내 안에서 혹은 밖에서 무엇인가 조금씩
그러나 대담하게 변화해 가는 것을 느낀다

내 긴 머리카락은 일제히 곤두서서
한 모금이라도 더 태양의 입술을 맛볼려고 발돋움하고
두 다리의 핏줄은 힘차게
발바닥 뚫고 아래로 내려가 지하의 강과 만나는데
그 물과 빛을 섞어 나는

지상에서 가장 아름다운 꽃을 피우고
놀라운 열매 맺고 싶은 것이었지만
벌레 먹어 고운 나뭇잎에 연연해할수록
내 뿌리는 썩어 갔다

불은 죽고 날카로운 발톱의 추위가
사위에서 파고들어 내 가슴 마구 쥐어뜯으면
강물은 음탕하게 두 다리를 벌리고 그 사이로

산의 늠름한 아랫도리가 거꾸로 박혀 간다
어머니, 사흘만 기다려 주세요
이 탁한 강물 버리고
푸른 꽃 피어 있는 물고기 건져 올릴게요
저의 손을, 당신이 오래전에 잡아 주었던
가시 박힌 땅을 기억하십니까

나는 몸을 부르르 떨었다 나뭇잎들
구름 아래로 흩어지면서 이 어두운 곳으로
천천히 내려온다

혼돈의 땅

여기가 어딘가요
이곳이 정말 저의 땅입니까
아버지 나는 한 알의 밀도 없습니다
저 낮은 곳에 버림받은 돌
아무리 소리쳐도 빵으로 변하지 않습니다

강은 더러운 뱃가죽 드러낸 채 누워 있고
나는 절대 목을 축일 수가 없습니다
한때 그 강에 엎드려 입술 댔던
구름 같은 사람들은 가난한 별들은
모두 어디로 갔을까요 이 저녁

나의 굶주림은 마지막으로 날개 저어
심판의 절벽으로 갑니다 무수한 뼈 가죽들
삭은 동아줄 잡고 매달리며 물어뜯으며
남의 머리를 딛고 기어오르고 그 밑
유황불 이글거리며 살 타는 냄새

아버지! 밤낮을 안 가리고 뱀눈 뜬
저희의 아들들은 저희의 어미를 넘보고

저희의 아비들은 저희의 딸들을 끌고 나가
땅에 눕히고 옷을 찢고 가죽 혁대로 후려치고
저희의 계집들은 네거리에서 돌을 맞고 돌을 던집니다

왜 내 살은 먹지 못하고 내 피는
잘 익은 포도 향기로 마시지 못할까요
온몸의 피는 거꾸로 뛰며 가슴을 뒤집는데
지금 내 아버지의 살을 씹고 피를 마시는 자는
누구인가, 한 방울 눈물도 없이

그때 갑자기 내 살은 옷을 찢고 너무 많이
소다수를 넣은 빵처럼 부풀어 오르고 툭툭
단추는 벌레 먹은 열매같이 떨어져 나가고
손톱 발톱은 단단하게 불거져나오며 털은
잡초처럼 무성하게 자라 그것들을 감추는데

새여,
네가 내 아버지의 방언으로 태양을 돌며 해소수 하더라도
끝내 허락할 수 없는 번개 기둥

다시는 불로 세상을 다스리지 않겠다던,

그러나 단 한 번만, 이 낮고, 더러운 땅을

그들과 함께 언덕을 오르면서

그 저녁 무수히
작은 돌들이 얼마나 오랫동안
금강석으로 몸을 바꾸기 위해 몰래
숨 쉬고 있었는지 까마귀는 안다 밤나무 숲
가장 높은 가지에 앉아 어둠 지배하고 있으니까
새벽이면 소리 없이 푸른 천정 날아다니며
졸리운 별들 쪼아 먹고 투명하게
사라졌으니까 만약 구름 위 몸
눕힌다면 살점 물어뜯으리

나는 죽었다, 그들이 눈꺼풀에 큰못을, 박았으므로
나는 죽었다, 그들이 목구멍에 모래를, 뿌렸으므로
나는 죽었다, 그들이 귓바퀴에 뚜껑을, 덮었으므로

그 언덕 위에는
믿지 못할 만큼의 많은 태양이
주렁주렁 맺혀 익어 가는 커다란 나무가
빛나는 별들의 나라 거느리고 서 있었는데 그들도
가까이 가면 또한 태양이었는데 모두들 생명의 불 찾아
땅 깊숙이 뿌리 뻗어 가며 그 힘으로 세계를 둥글게

움켜쥐는데 그 거대한 언덕 위 나도 묶인
사슬 벗어던지고 불꽃 피우는 한 그루
나무로 자라날 수 있다면!

나는 죽었다, 가슴에 불을 심고 나는, 죽었으니까
나는 죽었다, 가부좌 틀고 앉아 나는, 죽었으니까
나는 죽었다, 쓸개를 꺼내 씹는 나는, 죽었으니까

저기 흐르는 강은
나의 목마름이고 여기 누워 있는
들판은 나의 잠이다 지나간 날들은 어디에
있는지 다가올 세월은 어떤 옷을 마련했을까 잠
못 드는 밤은 검은 장미로 묶어 두고 별을 본다 내가 본
모든 것들은 곧 사라졌고 그림자만 남아 바람에 흔들
렸지만 견디기 힘든 밤 추억의 옷을 입고 다시
조금씩 머리맡으로 되돌아와 부풀어 오르는
무덤 속 춤추는 악마들과 함께

나는 죽었다, 죽었다고 그들이 생각한, 그곳에서
나는 죽었다, 죽었다고 그들이 노래한, 그곳에서

나는 죽었다, 죽었다고 그들이 춤추던, 그곳에서

얼마나 많은 태양을
아직도 더 삼켜야 내 가슴은
화산이 되는가 모든 피는 불기둥이 되어
성난 목구멍으로 붉은 새를 토해 내고 그들로 하여금
이 슬픈 지상을 다스리게 하는가 오오, 구름에 이르도록
내 어두운 핏줄 속에 그 세포를 번식시키는 불꽃이여
저 피 흘리는 독수리 떼를 태양의 한가운데
쉬게 하라 새로운 힘 넣어 주시라 불꽃
나무 위로 솟구치는 나의 새여!

몽상의 숲

불꽃 나무의 덤불 속
둥지 틀고 있을 황금새
네가 불보다 더 많은 날개를 지녔음을
그리하여 별의 어깨 위로 단숨에
올라갈 수 있음을, 보여 다오
목마른 별들의 강
먼 하류 어느 기슭을 흐르고 있을
지난날들, 그러면
    어떤 눈이
    나의 마음을
엿보고 있을까 다시

별의 목을 뒤집어 달린다
그 속도는 힘이었고 그 속도는
충만한 기쁨이었고 그리고 삶의 벼랑까지
치닫는 그 속도는
순수한 아름다움, 보여 다오
일찍이 너의 피 속에서 함께 살았을
불과 호랑이 모든 별들의 중심 태양을
    그러면, 내 마음은

그때처럼
불탈 수 있을까 잿더미 속에서

음유시인

1-1-1

나의 입술은 소금으로 젖어 있다. 오, 바람이여…… 아직 사막을 건너지 말라. 그곳에 버려진 나의 피리를 절대, 건드리지 말라.

아무도 집을 찾아 돌아가려고 꿈꾸지 않는 이 저녁

절벽 위에 사는 새들은 날개를 뒤집어 그들의 그림자를 거두어 가고, 이제 남아 있는 것은 지평선 위의 늙은 고목 그리고 그 속에 숨어 사는 오래된 영혼, 검은 안개뿐인 것을……

1-1-2

내 길을 잘못 들어, 밤나무 숲 까마귀들에게 두 눈을 파먹혔으니 앞으로도 더 많은 날들을 숲 속에서 헤메일 나의 노래는, 나뭇잎의 그늘을 지나며 시들어 버리고 그 누구에게도 전해지지 않네, 그 누구에게도 불려지지 않네.

이제 뉘라서 나의 이름을 기억하리

오 바람이여! 푸른 꽃 피우는 바다의 싱싱한 숨결과 저 물어 가는 태양의 유언을 나에게 전하여 다오. 내 기다림은 오랫동안 흰 소금으로 남았으니

1-1-3

그러나 아직은 사막을 건너지 말라. 내 피의 막힌 강둑을 스스로 무너뜨리며 힘차게, 다시 흐를 때까지는

나의 피리를 저 혼자 울게 내버려 두라

1-2-1

그 저녁,
세계는 고개를 돌려 나를 버리고
그러나 내가 기른 새들은 어깨 위로 찾아와
둥근 부리 끝에 영혼을 물고 숲의 중심 나무 꼭대기로 솟아오르니

내 지는 해와 마주 서서
지평선 위로 자꾸만 자라는 나무의 그림자를 보며,
이제는 저런 것도 다시는 볼 수 없을 거라고 생각하면

서 외투만 남은 몸을 일으키면
　이미 날은 저물어

　박쥐들은 나의 머리에 검은 모자를 씌워 주네

　1-2-2
　살에 금을 그으며 견디어 내야 할 혹독한 날들이 다가오고, 피를 찍어 쓰지 않으면 시가 될 수 없었던 그곳으로 나보다 먼저 간 사람들은, 쓰러진 나무 일으키며 울었다.

　이제부터 오랫동안 내가 살아야 할 숲의 천장 위를 날아다니며 산란기의 별들은 무수히 많은 알을 까기 시작하고 그러나 아무도 나의 영혼이 위치한 그 언덕의 숲을 모를 것이므로,

　1-2-3
　산양— 나의 별자리여, 길을 인도하라

　1-3-1
　내 다시금 그 숲으로 돌아가, 두 그루 나무 사이 그물

짓기 위해 온종일 실을 짜고 있을 왕거미나, 별들 쪼아 먹고 사는 까마귀 떼와 함께 지낼 수 있을거나

숲에 가면, 내 침묵 대신 울어 줄 나의 새들과, 다른 뿌리 지니고 있는 나무들은, 서로 모르는 얼굴 하고 거닐어 어쩔 수 없이 나도 나의 가면을 써야겠지만

숲에 가면, 나뭇잎들은 작은 손가락을 합치며 궁륭의 천장 이루어, 나와 나의 새들을 꼼짝 못하게 손아귀에 쥐어 버리겠지만

숲에 가면, 어린 버섯의 우산을 펼쳐 주기도 하면서, 새들의 둥지 속에 손을 집어넣어 내일이면 별이 될 그녀의 알을 만져 보기도 하면서

1-3-2

나는 나의 영혼을 나무 위에 걸어 놓고, 한없이 안개에 젖어 무엇인가 잊어버린 것을 기억하려고 애쓰면서 늦게까지 맨발로 거니는데, 그때, 나를 찾아온 것은 창백한

번개

오 너의 뼈를

너의 몸속에 세워진 빛의 기둥을

내 그처럼 부둥켜안으며 설레이는 피의 강물을 다스렸어라. 태양은 나의 핏줄 속에 은밀히 황금새를 키웠으니, 내 언젠가는 피를 토하며 나의 노래를 부르리라

1-4

나의 숨골 정갈하게 파먹는 거미 떼들이 있다. 나의 불결한 핏줄에 입술 대고 목을 축이는 장미꽃들이 있다. 기억하라, 그 저녁의 물과 빛의 혼례를. 그 끝없는 죽음의 춤을.

1-5-1

그날 이후, 내 숲의 뿌리를 적시던 슬픈 피들은 어떤 나무속으로 스며들었나. 그날 이후, 그 나무들은 몇 번이나 고개 흔들며 병든 나뭇잎 떨궈 버렸나.

잠 못 드는 영혼은 강가로 나와, 거꾸로 머리 풀며 날아가는 새 떼들을 본다. 밤늦도록 이슬에 젖어 새벽까지 흔들린다.

새 떼들은 지금쯤 지나간 세월 거슬러 거대한 추억의

나라에 이를 것이지만, 우부룩한 갈대밭 키 넘는 그리움 애써 숨겨 놓고 목마르게 너를 기다린다.

1-5-2

독수리여, 어느 각도에서도 빛의 물결을 다스리는 유일한 새여. 빛의 날개보다 빨리 세계를 돌아 내 손바닥 아득한 절벽 위에 천 년 동안 무너지지 않을 너의 집을 지으리라

나는 너의, 부리 속에 너의, 발톱 속에 너의, 날개 속에—나의 전 영혼을 맡기운다.

1-5-3

적막했느니, 그 낙일. 집 없이 비상하는 새 떼들은

적막했느니, 그 부딪침. 궁륭의 천장 위에서 울리는 세계의 신음 소리여

태양은 내 피의 먼 하류까지 손을 뻗어 비린내 나는 물고기 몇 두름을 건져 올린다.

오오, 황혼의 강이여…… 추억의 새 떼들이여!

1-6

아침에 구름 위로 던진 돌들은 저녁이면 섬의 옷을 입고 나타나, 나의 별 산양이 닻을 내리도록 등불 걸어 주네. 푸른 물고기들은 하늘을 날아다니며 별을 집어삼키고

그리고 태양이 떠오르면서부터 나의 피는 뜨거워지기 시작한다. 내 영혼을 부리 끝에 물고 있는 독수리, 나무 꼭대기에서 내 몸속으로 곤두박질칠 때

피여, 이제는 눈을 뜨시라
부르튼 나의 입술 나의 손가락 끝마디에

황금새의 비밀을 전해 주시라

몽상의 숲

내 영혼은 상처 입었다
가거라, 잎사귀를 흔들며
나의 임종을 맞이할 나무는 지금
어느 언덕에 뿌리를 뻗고 서 있느냐
모래들의 집은 모두 바다에
잠기고 춤출 줄 아는 새들은 언덕
아래로 내려갔다 저녁의 숲
　　　　그리고 독수리의 것이 아닌 태양
　　　　그리고 모래의 것이 아닌 바다
　　　　그리고 나무의 것이 아닌 숲

나는 더 머무를 수 없다
얼마나 많은 날들을 우두커니
서서 잠들었는가, 있지 않는 것을
바라보던 나의 꿈 발 딛을 때마다
절벽 무너지고 갈 길 없이
헤매는 영혼 위하여 그물 집
짓고 있는 왕거미 저녁의 숲
　　　　그리고 불꽃 나무의 것이 아닌 별
　　　　그리고 절벽의 것이 아닌 대지
　　　　그리고 거미의 것이 아닌 나

저녁의 숲

견딜 수 없는 외로움이
내 몸에 파고들 때
나는 간다 까마귀 떼 기르는
저녁의 숲 나무 잎사귀들이 펼치는
궁륭의 지붕 아래 몸을 눕히면
온갖 악마들이 내 빈 곳으로 침입해 와
나를 몰아내고
저희들끼리 춤추고 울부짖는다
　　몸 밖에서 바라보는 나는
얼마나 작은가 그런데도 숲은
얼마나 거대한가

언제나 이 숲에 오면
그 무엇이 가득 차 있을까 음지
식물들은 악령처럼 자라나고
내 몸은 동굴 속에서 거대하게 부풀어 오른다
우리는 모두 뿌리 없는 나무들
　　숲을 통과하지 않고서는
어디에도 갈 수 없다는데
아무것도 이룰 수 없다는데

당신의 춤

그만 가 보겠어요 어머니
밤이 깊은데. 어디 헛딛기라도 하면.
알고 있어요 까마귀 지키고 있는 숲
맨발에 흙이 잔뜩 묻어 안으로
들어갈 수가 없네요 겉옷 좀 주시겠어요
어디 있니. 얼굴도 보이지 않는구나.
반딧불이라도 몇 점 날아다녔으면.

내가 일어나야 할 텐데. 밥도 못 먹고.
걱정 마세요, 어머니는 다리가 부어오르지만
식구들은 모두 배가 고파 골방에
쓰러져 잠들고 자꾸만 문 두드리며
누가 어머니를 불러내는 걸까 제가 가지요
안 된다. 갈 사람은 난데.
모든 일이 순서가 있는 법이야. 가기 전에

꽃밭에 물이나 주었으면 가시넝쿨은
내 발목 감고 기어오른다
나는 썩은 나무가 아니야
몇 번을 말해도 못 알아들어

이번에는 하루살이 떼들이 몰려들었다
내 몸에서 무슨 냄새가 나는 걸까
입 열면 못 먹는 거미줄만 자꾸 풀려나오고

지금 제 털옷 짜고 계시는 거지요 저는
안 추워요 겉옷과 구두만 있으면, 그래도 끝내
못 가게 하신다면 차라리 온몸 버둥거리며
거미줄에 매달리고 싶어진다, 거미야
내 꺼 줄게 네 꺼 주라 이젠 정말 가겠어요
조금만 참으세요 아버지가 숲에 갔어요
아버지라니!

숲에 가도 소용없다. 나는 멍든 열매.
숲에 가면, 벌레 먹은 나뭇잎 떨궈 버리고
우리는 모두 어디로 가는 나무들인가
숲에 가면, 눕고 싶어
우리는 모두 어디에서 왔는지
숲에 가면, 발 딛을 틈도 없이
까마귀 떼서리로 날아드는 어둠 속

불타는 눈이 되어 떠다니는데 그 숲 지나
아무것도 없고 아무 데도 없는 나라
어머니는 정말 가고 싶어 할까, 가시겠어요?
그냥 훌훌 털고 일어나 춤이라도 추면서
여기 잠깐 더 머무르시지요
내 맘이 내 맘 아니란다.
그렇다면, 어머니 저도 가겠어요.

당신이 허락하시면

눈을 떠도 됩니까 벌써
사흘이 지났는데요, 당신이 허락하시면
숨을 쉬어도 되겠지요 밤새도록
부엉이 울고 충혈된 눈으로 해는
동굴의 문 비추는데, 당신이
허락하시면 일어나 걷고 싶네요
그러나 눈꺼풀은 무겁게 덮혀 내려오고
자꾸만 잠은 쏟아지는데

웅크리고 앉아 있으면 내 피는
수천만 년 전 지층 속으로 가라앉아 비어 있는
바닥에 닿습니다 여기서는
하늘이 더 잘 보이는군요, 당신의
어깨 위에서 황금 가지 입에 문 비둘기들
놀고 있는데, 헝클어진 햇빛 풀며
다가오는 저 낯선 것은 무엇입니까
마른 뿌리 씹어도 배가 고픈데
손톱 물어뜯어도 배가 고픈데
누구 갓난아기 버릴 사람 없나요

나를 결박한 것은, 더러운 피의 거미줄
빛은 사정없이 내 몸을 그냥 통과하는데
나는 파먹힌 벌레처럼 두 팔 벌리며
빈 껍질로 매달려야 하나요
당신의 눈앞에서 속 시원히 춤이나 추어 보고
어머니, 날고 싶어요 어쩌면
생각만 지극해도 새가 될 수 있을 것 같네요
당신이 허락하시면

내, 몸을 숙주로 삼고

날이 저문다 땅
속에 묻혀 있던 돌들 어느새
저 높은 곳에 박혀 빛나고 있을까

숨을곳이없다나는해뜨기전의안개또는불길한구름박쥐가날고거미가집을짓는동굴이었다달빛이부드럽게내리면금방알을품고부풀어오르는무덤이었다그속에서내아내의살

파먹는송장메뚜기밥만먹고잠만자는돼지벌레였다내검은피속에서태양과어울리는독수리떼살갗에는이끼가끼고남몰래자라나는굶주린발톱눈을뜨면순식간에사리지는세상

밤은,
지평선 끝으로 몇 필의 검은 말
달리게 하여 이렇게 많은
무덤 솟아오르게 한다

내몸의바닥까지내려간그사흘동안나는무엇을보았는가목마른사막의날들이계속되고태양과독수리가지배하는날들이계속되고썩은살속으로고이는이슬마시며

누군가나를부르고손짓해도나는그림자숨길수없다저낮은
바닥다시흙먼지덮이고새로운나라세워져태양이붉은입술로
나를애무하더라도나는여전히안개혹은썩어가는동굴

태양이여,
나의 무덤 위에서 멈추어라
내 푸른 힘의 자궁인 여기에서
누가 죽고, 다시 동굴의 문을
힘껏 열어 젖혔는가

반달곰

해가 진다 마지막
피맺힌 울음으로 살아서 이룬
모든 꿈 남김없이 불태우며
지평선 재로 가라앉을 때까지 나는

어둠의 숲 한가운데 가파른
바위 위에 턱을 괴고 앉아
무너지며 더 큰 하늘이 열리는 것
바라본다 다른 때 같으면

나뭇잎 긁어모아 마음 놓고
잠들 무렵이지만 알고 있다
무엇인가 조금씩 내 삶 가까이
다가오고 있다는 것을

숲의 둘레 빈틈없이 감싸며 뜨거운
숨죽이며 아직은 아무 일도
일어나지 않았지만 지금보다 더욱
외로운 날들 기다리라는 것을

마늘과 쑥 한 줌 움켜쥐고 백 일
낮 백일 밤 몸살 나게 견디어 가며 동굴 속
가슴에 슬픈 꿈들 반달처럼 심어 놓고
댕기 머리 이쁜 처녀가 된 어머니

꿈꾸는 눈으로 내려다보는데
나는 큰곰자리 등 뒤에 바싹 기댄
겁 많은 작은 곰 나도 죽어
저처럼 깨어 있을 수 있을까

다급하게 짖어 대는 사냥개 숲은
올가미처럼 조여들고 마지막 큰 울부짖음으로
나는 화살의 표적이 되어야 한다
아, 나에게도 어머니의 동굴이 있다면

동굴·전

나는 기다렸다 내 몸 밖에 서서
강 깊숙이 해가 지고 갈대숲 위로
저녁 새들이 황망히 날아오르기를
그리하여 뼈의 안벽 스치는 바람

온몸을 울려 내가 커다란 동굴로
변해 가기를 어디까지 나의 삶이고
어디서부터 다른 땅 시작되는지
짐승들의 계곡으로 나를 유배하라

나는 나의 먹이가 되고 싶다
절벽 위 높은 가지 끝 독수리 떼
무엇을 향해 날개 펴고 내려가는가
굶주려서 어떤 짐승 습격하는가

내가 기다리는 것은 번갯불
진흙 속에서 뒹굴며 춤추면 내 뼈는
광맥처럼 빛난다 검은 말을 탄 죽음은
동굴 입구에서 고삐를 멈춘다

돌의 외로운 이마 비추던 태양
수천 년 감금당한 화석 속의 새에게
새로운 피 불어넣어 날려 보내듯
내 몸속에서 그 무엇을 끄집어낸다

나는 나일 때까지 내가 아니다
나는 내 몸속에 살지 않는다
다시 태어나리라, 처음과 끝이 만나는 곳
다시 태어나리라, 대지의 자궁으로부터

동굴

이 태양 이전에 나는 꿈꾸는
두더지 밤을 빠져나올 수 없는
박쥐로 살았다 검은 모자를 쓰고
어두운 천장 날아다녔다

내 몸속으로부터 빠져나온 그날 밤
나는 어디로 갔는가 어느 짐승과 어울려
춤을 추었는가 내 몸 수천 갈래로 찢어
다시는 서로 만나지 못하게 하라

등불 들고 땅 밑으로 내려가는 나를
무서운 공기가 포위한다 내
그림자는 벽에서 천장까지 밀리다가
지붕 부수고 숲 속으로 사라진다

한 번 지나간 강물과 구름
가라앉은 태양은 지나가서도 나의 꿈을
지배한다 끈끈한 거미줄로 뒤얽힌
추억으로부터 자유롭고 싶다

나를 태우면 몇 가마의 소금 나올까
이슬 속에 누워 나는, 새로운 태양
꿈꾼다 다른 사람이 육신의 밑바닥에서
회오리바람처럼 솟아오르고

숨 들이켜면 지평선 위로 놀라운 세계
나타난다 모든 것이 보이고 들리는
그때는 언제 올까 동굴 속에서
나는 수천의 나로 번식한다

동굴·후

곧 새로운 날들 시작되리라
푸른 물고기가 나를 집어삼켜
캄캄하고 끈적한 액체에
휩싸여 숨이 막힐 지경이다

미끄러운 풀들이 머리 위로 돋아나고
한쪽에서는 살 썩어 가는 악취가
신경세포를 마취시켜 가며 번져 간다
물고기의 눈으로 바라보는 세계

나의 먹이는 엄청난 분량의 습기
어지러운 꿈과 한 순간의 불꽃
웅크린 몸을 조금씩 펴서 비좁은
천장 발길질하며 백 일을 견딘다

몇 필의 검정 말이 텅 빈 뱃속을 빠르게
질주한다 어떤 새가 별 가까이 둥지 트는가
누가 지평선 밑에 누워 돌들에게
뜨거운 입김 불어 넣고 있을까

새로운 육지가 강물 밀치며 자라나고
그녀는 그 기슭에 나를 토해 내리라
내가 다시 눈 떴을 때 어떤 새
어떤 별들도 나를 알아보지 못한다

숲과 동굴

나는 성난 말을 타고 숲을 가로질렀다
이렇게도 약한 불꽃과 이렇게도 젖은 공기를 가지고
어떤 열매 맺으라는 것인가, 어떤 꽃 피워 내라는 것인가
나는 맨손으로 번개의 시퍼런 칼날 움켜쥐고
굶주린 거미줄과 가시덤불 헤치며 숲의 끝까지
찾아다녔다, 어디 있는가 그 불꽃 나무
그 태양의 어머니는

무엇을 향하여 이 피 묻은 칼 휘두르라는 것인가
모래시계의 손가락 사이로 빠져나간 무수한 날들
아아, 구름 사이에 숨어 있는 푸른 별들이여!
태양의 알을 품고 날아오른 독수리 떼여!
나의 영혼은 마른 소금 한 줌
나의 살갗은 이끼 낀 우물
죽어 가는 밤으로부터 나는 돌아왔다

찬 이슬에 젖어 지평선 위를 걸어가면 그러나
발밑에서 알 수 없는 힘으로 부풀어 오르는 나무
내 안으로 침입해 와 가지를 뻗고 숲을 이루어
단숨에 세계를 정복한다

이미 나의 피는 그 속으로 흘러 들어가고
나의 머리카락은 불꽃 튕기며 지붕 위로 올라간다
이것이 나의 세계다

내 몸에 손대지 마라, 흔들면
천둥이 울리고 푸른 칼이
춤추며 날아온다

그 숲의 열매들은 나를 둥글게 하였다
내가 나무를 타고 거꾸로 내려가 뿌리의
깊은 방 속에 숨어 있으면
별들이 천장 두드리는 소리에 잠들 수 없다

나는 세계의 적

내 영혼이 들피지고 굶주려
더 이상 바람과 햇빛만으로는 살 수 없을 때
누가 내 피에 불을 지른다면
내 썩은 두개골 도끼로 자르고 살찐 구더기
건져 준다면

자고 일어나면 수염은 얼굴을 덮어
나는 나를 볼 수 없고 흡혈귀처럼 자란 이빨과
손톱 어느새 내 가슴 위로 커다랗게
무덤은 부풀어 올라 나 혼자 눕기에는
너무도 적막하여, 손짓으로 박쥐 불러 모은 뒤

내 아름다운 손톱으로 너의 살점 파헤쳐
목 깊숙이 송곳니를 박고
굶주린 승냥이 울음소리 벗하며 저녁에서
저녁의 절벽에 이르도록 너의 몸속 붉은 강물
아무리 빨아도 속 시원하지 않은 것은,

저녁에 검은 모자를 쓰고 일한다고 해서
모두 다 박쥐는 아니지만

너와 내가 얼굴을 바꿔 쓰고 밤나무 숲 속 거닐면
나를 위해 변함없이, 죽음은
모자와 신발까지 빌려 줄 것이므로

나는 세계의 적

날짐승 속으로 섞이면서
그들과 함께 달의 주위 돌며 춤추기도 하고
썩은 시체의 살점 뜯어 먹기도 하며
나의 적인 세계 속으로 온몸을 내던진다

새로운 태양이 솟을 때까지
나는 오래도록 뿌리 밑에서 기다려야 한다

나의 포도주와 포도 나무

이상하다, 해 질 녘이면
나는 혼수상태에 빠진다

지평선 위로 붉은 꽃이 피었다
지고 피었다 지고 어제 지나간 강물이
몇 번 몸을 뒤치며 거슬러 온 뒤
거꾸로 박힌 나무,
뿌리는 구름 위로 무섭게 성장한다.

내가 바라보는 곳에 궁륭의 중심이 생기고
태양은 성숙하게 익은 몸뚱이를 터트려
수많은 씨앗으로 흩어진다 저녁 하늘의 별의 탄생은
이러한 배경을 지닌다

밤하늘은 거대한 포도밭
손만 뻗치면 푸른 즙이 뚝뚝 떨어져
나를 취하게 만든다 저녁에
홀로 있는 사람이라면 누구나 다
포도밭의 주인이 될 수 있다 우리 운명을 움켜쥔
별의 이름을 해독해야 한다

나무들의 영혼이 새벽 쪽으로 돌아선다
나의 눈은 지평선 위로 솟아오르는 태양에 반응하고
세계는 옷을 갈아입는다
나는 그동안 모은 새벽이슬을,
불타는 피로 바꾸어야 한다

나의 이빨은 세계의 목덜미 깊숙이 박히고
나의 꿈은 흘러내리는 그 즙으로 충전된다

태양에게 너무 많은 것을 기대하지 말자

검은 모자

저녁이 왔다 한 손에 박쥐를 들고
나무뿌리 깊은 곳에서
가는 흐느낌이 새어 나왔다

내가 죽고
나의 영혼만 몸을 빠져나와
지상 위를 걸어 다닐 때

찍찍거리며 박쥐들은 머리카락 속으로 파고들어 와
동틀 무렵까지 내 꿈을 소란스럽게 하는 것이지만

내가 검은 모자를 쓰고 숲에 간다면
아마 나는, 박쥐들과 친구가 될 것이다
나의 꿈을 방해하는 새들은 아무도 없다

아직 세상은 따뜻하고
알을 밴 물고기들은 궁륭의 하늘 속을
날아다닌다

온종일 햇빛에 몸 내놓아도 마르지 않는 습기

차갑고 오랜 침묵의 날들
천둥은 머리 위에서 부서지고 우수수

불안해하는 나뭇잎들
내 피도 저렇게 소리치며 달려가는 날이 있을 것이다

내가 죽는 데는 백 년 동안의 태양이 필요하다

누가 내 몸속으로 들어오고 있다

누가 내 몸속으로 들어오고 있다
숨구멍을 통해 살갗 깊숙이,
모든 실핏줄을 타고 빠른 속도로
나를 점령하고 있다

귀 기울이면,
지평선 위에 나와 같은 종족이라곤 나무들뿐
그의 몸속으로 내 핏줄 연결해
아침에 태양을 향해 우뚝 일어서고
저녁에 다시 지평선에 몸을 눕히더라도
뒤돌아보면, 아무도 없다.
얼굴 모르는 사람 하나 검은 모자를 쓰고
멀리서 나를 찾아온다 가까이서 나무 기둥을 두드린다

문을 열고 내다보면, 역시 아무도 없다
그러나 푸르스름한 빛 속에 떨고 있는 공기
죽음이 우리 입술 가까이 와 있는 것이다

우리가 모르는 땅 깊은 곳에서 만나는
두 나무뿌리의 영혼은
얼마나 닮은 것인가

너를 보고 있으면

이상하다 강물이 그 붉은 입술에
장미꽃을 꽂고 내 곁으로 거슬러 오는 것 같고 사과
나무 황금 열매도 다시 내 피 속으로 수많은 공을 굴리며
찾아올 것만 같아 나는 문득 황홀해진다
지평선을 보고 앉아 있으면 갑자기 누군가 잊어버린지
아주
오래인 내 이름 불러 줄 것만 같아 머리에
가시관 씌우고 내 뼈를 파먹으며 울부짖을 것만 같아
죽은 새들만 나를 기억하며 옛 뜰로 찾아와
내 몸속의 피를 한 방울씩 꺼내 가는구나 내 영혼
온통 불태우며 재로 만들어 버리는구나
너를 보고 있으면
너의 눈 속에 모여 있는 별을 보고 있으면
내 목마른 수풀이 섬홀하게 타오르기 시작하고 뒤돌아
보아도
한밤중인 내 사랑의 절벽 위
꽃 한 송이 붉게 피어난다 갈대밭 위로 황망히 흩어지
는 새 떼들 그런데
내가 기다리는 나는, 어느 나뭇등걸에, 몸이 묶인 것일까?

강, 혹은 저녁의 푸른 고양이를 사막으로 바꿔 부른다면

문이 잠긴 저녁
의 문을 열고 고양이 한 마리
내 곁에 몸을 눕힌다 푸른
태양 아래 나무가 그림자를 키우며
서 있고 그 밑에 사막만을 보는 내가
앉아 있다 아무도
찾아오지 않는데 나는 혼자 즐겁고
즐거운 만큼 콧노래를 부른다 고양이
길게 발을 뻗고 저녁의
문밖에서 지는 태양의 푸른 힘을 바라본다

유언을 남기지 말아야 한다
사라지는 뒷모습이 아름다우려면
흙과 살을 섞어 내 몸이
그의 일부가 되고 그의 피가
내 살 속을 흐를 수 있도록
도와 주어야 한다

그때, 장미꽃이 흔들렸다
문턱까지 어둠이 차오르고 그러나

소리 내어 내 이름을 부르지는 못하는
여인들의 입술이 나무 뒤에 숨어
내 곁에 누운 고양이를 잡아당긴다 어디까지
너는 길 잃고 흘러갔다가 다시 돌아올거니

내 죽은 뒤
지상엔 얼룩만 남고 너의 그
긴 혀로 핥아도 사라지지 않을
붉은 얼룩만 남고

사막을, 파도 혹은 달팽이의 집이라고 바꿔 부르다면

출렁이며,

내 영혼은 등 굽은 산맥 위에 앉아

너의 무덤 향하여

나의 무서운 입맞춤 기다리며 눈부시게 열려 있을

한 떨기 흑장미를 향하여

네가 춤추며 맨발로

내게 다가올 때 나는 햇빛이었다 네가

지평선 열어젖히는 새벽이었을 때

나는 구름 위로 솟아오르는 새들이었다 참 많은

저녁이 찾아왔고 석새짚신 엮어 길 떠나는 사람도 있었지만

사랑은 남회귀선 넘어

돌아오리 내 마음 모래밭

속으로 햇빛 받으며 사라지는 강물

영혼은 비로소 소금의 힘을 얻으니

내 꿈이, 모래들의 바다인 사막을 향한다면

너는 어떤 꽃으로 태양을 두드릴 거니

내 더러운 피로는 어떤 꽃잎도 피울 수 없어
내 썩은 살로는 어떤 짐승의 먹이도 될 수가 없어
달빛 무서리로 깔린 숲을 열고 구부러진 귓바퀴의 길을 쓴 뒤
그 뉘라서 나의 섬세한 사랑 이야기를 들어 주겠느냐
내 모래 무덤 이루어 차라리
사막에 내던지든지 차가운 별빛으로 달소수 하며
뼈를 불태워 공중에 흩뿌리리다

과연, 사막은, 나를,
그의 품 안의 한 알의 모래로서 받아들일 것인가

모래의 저녁

우울하고 우울한 날들이 계속된다
내가 찾아가는 곳마다 나무들은 쓰러지고
땅 밑으로 내려간 사람들은
아무도 썩지 않는다 석간신문을 읽거나
차가운 돌벽 사이에서 담배를 태운다 모

래

　　　　모,

세월이 가도 세월의 흰머리가 보여도
두 손을 뒤로 묶인 채 끌려간 나무들은
돌아오지 않는다 그래, 때로 살다가 지쳐
제 풀에 주저앉아 까마귀 부르며
살과 뼈를 내주게 되더라도
땅속으로 다시 돌아갈 수는 없다

나의 몸에서 땀 냄새 나지 않는다
너의 영혼에 눈물자국 보이지 않고
우리 상처 그 어느 곳에도 못 박힌 흔적 없다

무너진다, 모

래

모,

내 죽은 몸 위로 무너지면서
얼마나 많은 빈 곳을 메워 가는가

신기루

　　　　　　　　　　　　　것이 있

나는 모래를 본다
나는 모래의 눈을 본다
나는 모래의 가슴 모래의 허벅지
나는 모래의 두 팔과 두 다리 그리고 모래의 이마

에, 박힌 못을 본다
한때 여기 있던 것들 그대가 이 자리에서
낮은 목소리로 사랑한다
소리에 뼈가 녹던 것들, 이제는 없다
모래와 모래 사이로 가면
낯선 방언으로 누가 나를 부르기도 한다

누가 그토록 오랜 가뭄 끝에
마른번개에 불 지피겠는가
한때 그대 서 있던 자리에서 나는

　　　　죽, 었,

피 흘리며 지평선 밑으로

내려간다 검은 모자만 남아 새들의 집이 된다
전속력으로 뜨거운 모래 위를 달리는 맨발
머리카락 사이 흘러내리는 소금기
모래를 씹으며

나는, 달

렸

다 모래 한 줌을 쥐었다
풀고 쥐었다 풀어 본다 모래의 살
모래의 뼈
사랑한다. 뜻 없이 중얼거려 본다 한 치
앞을 내다볼 수 없는 날들이 다가오고 있다
그대와 나의 등 뒤
목덜미에

음유시인

2-1-1

바람이 쓸고 간 자리에 웬 붉은 꽃이 피어 있나. 누이야 아직 내가 옷섶에 댕기를 매 주기에는 너무나 많은 이슬이 부족하고, 앞으로도 나는 까마귀보다 깊은 강을 십 리는 가야 한다.

멀리 있느니, 적시지 마라 너의 목숨에, 강물을

생각하면, 사막은 나의 감춰진 바다. 목쉰 소리의 퉁소는 내버려 둬도 저 혼자 울고, 오 나는 설레임 속에 저녁노을 맞으니 뉘 집 뜨락에서 꽃 한 송이 지는 것이랴.

멀리 있느니, 끼얹지 마라 너의 목숨에, 모래를

2-1-2

소금이 버린 바다, 소금이 버린 태양, 그리고 소금이 버린 나의 눈물은 몇 세기를 지나도 불타지 않는다. 타오르지 않는 사랑이란 얼마나 오랫동안 숲 속에서 우두커니 한 그루 썩은 나무로 서 있어야 하나.

…… 그리고 어둠이 하강하면서부터 강 위로 안개가 풀리기 시작한다. 내 꿈이 여윈 팔을 뻗어서도 닿을 수 없는 곳, 별들은 차가운 눈으로 나의 사랑을 비춰 주는 것이지만

너도 밤나무에게 등 기대고 서 있으면 하늘은 나에게 몸을 기울여 어머니! 나는 당신의 숨죽인 강물 소리를 들었습니다. 밤이 이슥하여 찾아오는 나의 별자리 산양에게, 젖을 물려 주세요.

2-2
강물이 사람으로부터 나를 격리시켰다.

2-3-1
혼자 사는 여인들은 집집마다 아궁이 문을 열고 박쥐들을 풀어 놓는다. 죄 없는 아이들은 지평선 끝으로 우왕좌왕 흩어지면서 검은 외투 날리며 어둠이 군화발로 강을 건너는 것 지켜본다.

안개가 내리고

사내들은 수상한 음성으로 흐르는 소문에 대해 이야기한다.

2-3-2

먹구름 몰려와 나를 에워싼다. 천둥은 그의 쇠몽둥이로 지상을 후려치고 물방울들은 어깨동무한 손을 풀고 가늘게 흐느낀다. 아무도 그녀의 목소리에 귀 기울이지 않는다.

그날, 비는 내려, 나의 걸음을 풀어 주지 않았다.

몸부림쳐도, 진흙탕 속에서

세계는

2-3-3

강이 흐르기 시작한 것은 내 목숨보다 오래되었느니 세월이 가도 새들은 그녀의 노래를 앞지르지 못한다. 어느 노래로 나의 상처를 치유할 수 있으리오.

채찍으로 내려치면, 바다

채찍으로 내려치면, 숲

나의 어머니 어디에 숨어 계시나

2-3-4

숲, 나는 더 이상 그녀를 어머니라 부르지 않는다.

2-4-1

저녁이 내려도 울지 않는 까마귀. 나는 누구에게도 편지 쓰지 못한다. 태양이 눈을 뜨기 전까지는 어떤 나무도 그림자를 거느리지 못한다. 어떤 피도 불타오르지 못한다.

다른 사람과 얼굴을 바꿔 밖에 나가 보면, 검은 안경 검은 장갑 내 앞을 차단하는 어둠. 이 슬픈 땅에서 멀리 떠나지 못하는 나의 영혼, 기껏 해야 강물이나 보고 구름과 어울려 부서지는 바람이나 즐기면서

어디만큼 왔니, 눈을 뜨면
아, 차가운 하늘 나와 같은 옷을 입은 나의 별자리
한 마리의 산양!

2-4-2

강의 숨결을 따라
강의 숨결을 따라

거슬러 오르면, 오 나의 어머니 엎드려 울고 계시다, 가마니에 덮혀

2-5-1
속삭이지 않는 밤의 불꽃. 그러나 아무도 잠들지 못한다.

내가 눈을 뜨면, 밤새 새들이 쪼아 먹은 별들 우물 속에서 반짝이고 벌써 빛의 아름드리 물결이 나무 기둥 사이로 몰려와 금빛 머리칼을 흐트리고 있다.
우리는 돌집과 나무들의 바다를 몇 차례나 지나왔다. 그 어디서도 나의 이름을 기억하는 새들은 없었다……

……생각난다.
나는 나무 대문을 밀고 들어가 붉은 꽃을 피우고 서 있는 나무 가까이 다가갔다. 그때
태양이 눈을 감았다 뜬 것 같다. 짧은 순간
나무 끝으로 피가 몰려갔다.

꽃들이 떼 지어 여기저기서 반짝였다.

2-5-2

그날 아침 울음 그친 아이가 낯설게 숲의 입구에 서 있었으나 나무들이 은밀하게 귀엣말로 전하는 그애의 출생 신분을 들은 자는 아무도 없었으리라.

…… 말달리고 숲 속을 휘저어 가면 나의 이마에게 부서지는 한 방울 피, 풀잎의 푸른 혀가 일제히 숲의 비밀을 발설하기 시작하고……

태양이 떠도, 땅 밑에서 뒤엉키는 뿌리들의 상형문자는 그 어느 새들도 해독하지 못한다. 오직 또아리 튼 뱀만이 그 출구를 알고 있다.

2-5-3

나는 줄곧 내 속을 걷고 있었다. 내 안에서 누에고치처럼 뽑아져 나오는 투명한 실을 따라 세상은 비로소 모습을 드러내고

그때, 나는 짧게 숨을 들이쉬었던 듯하다. 하늘의 궁륭에서부터 내려오는 밧줄, 잡아당기면 와르르 무너질 듯한

세계.

무너져라,
오, 무너져 내려라.
다시는 태양이 떠오르지 못하도록

일식

당신 가슴 어느 모서리에
새벽이슬 혹은 젖은 우슬초 다발로도
다스릴 수 없는 불씨
몇 겹이나 숨겨져 있었다니요

나는 모릅니다
충만한 눈빛 아래
해바라기 밭 개미집을 들쑤시고
강의 먼 상류로 거슬러 올라가

맑은 피 흐르는, 하늘가
미끄러운 자갈 열어
별들의 개울에서 버림받은 가재
징그러운 다리를 잡는 동안에도

걷잡을 수 없이 번지며 어머니
당신의 정갈한 가슴
독 묻은 집게발로 파먹는 자식
남모르게 있을 줄이야

큰 숲 깊은 물

그 숲에 내가 있다 그 숲에
나와 물방울들의 나라가 모여 있다 그 숲의
새벽안개와 수직으로 자라나는 나무
기둥 저녁에 눈을 뜨는 별들 그 속에서 나는
박쥐들과 함께 하루 저녁과 그 다음 날의 새벽을
보냈다 그 숲에 내가 있다

나의 오래되어 나무 단단해진 꿈과
뭐라고 설명할 수 없는 그런 이상한 빛깔의
저녁 나의 눈을 가리는 안개 그 숲의 키 큰 나무
사이로 달리면 내 몸은 세포분열되어
물방울 속으로 흩어진다 그 속에서 나는 살았다
온종일 숲 속에서 내가 살아 숨 쉬었던 내 피의
뿌리 깊은 젖줄인 그 숲의 깊은 물

내 집은 그 곁에 있다 나의 집과
집 주위의 키 큰 나무들과 썩은 열매 쪼아 먹고 사는
새들의 황금 부리 그리고 그늘 속에서
독을 품고 자라는 버섯의 둥근 모자 언제나 세계는
엄청난 안개에 가려져 보이지 않는다 내 몸도

나의 눈으로 볼 수 없다 그 속에서도 나는 너를 본다
너는
없다 너의 신기루만 모래언덕 위로 솟아났다
가라앉는다 내 집의 굴뚝과 저녁에 출렁이는 밧줄 타고
그 속으로 내려오는 별의 푸른 아이들과

나무 기둥 단단한 척추에 등을 기대면
내 몸은 뿌리로부터 상승하는 힘과 함께
천정 위까지 뻗어 간다 하늘 전체를 뒤덮어 버린다

그리하여 나는 한 나라를 이루겠지만 그 숲의 안개
나를 홀로 있게 하겠지만 새벽의 지평선
맞물린 조개의 거대한 입술이
따뜻하게 나를 품어 안을 때까지 오래도록
물방울의 눈을 통하여 세계를 본다

너도밤나무 숲

노동에 지친 어깨 나무에 기대며 땀 훔칠 때
열매의 살 으깨어 수분 섭취할 때
우리가 세상을 걸어가는 한 그루 나무임을 포기하지
않을 때까지, 숲은 사라지지 않는다
세월은 흐르고 주인은 바뀌어

사나운 새들을 하늘 위로 풀어
너와 나를 감시한다 해도 박쥐들은
동굴 속에서 혹은
나무에 거꾸로 매달려 휴식을 취하고 있을 거지만

　　땅 밑에서 뜨겁게
　　태양은 뿌리 박힌 돌들의 영혼 달구어

　　아름다운 별

숲을 갖는다는 것은
또한 세계를 이룬다는 것과도 통하나
누가 한 그루 나무로 붙잡혀 살려고 하겠느냐

우리들 중 아직도 숲에 가 보지 않은 사람이 있을까
나는 권하고 싶다, 어디 한 번 새들과 함께
너도밤나무 숲을 거닐어 보시라고, 어디 한 번
캄캄한 나무 기둥에 이마를 부딪쳐 보시라고

내 비록 숲을 나의 어머니로 가졌다 해도
까마귀가 나를 궁지에 빠뜨려 우리 삶의 저 거대한 함정인
밤나무 숲을 피할 수 없다 해도
나는 숲으로 가지 않을 수 없다
나는 숲을 통과해야만 하는 것이다

나는 까마귀 떼를 두려워하지 않는다

숲의 중심을 한 바퀴 돌고 나면
세계는 어두워진다

포도 넝쿨은 하늘을 뒤덮어
딱딱한 부리를 지닌 새들 유혹하는데
그 사이로 흐르는 밤의 푸른 물살은
아름답다, 아름다운 만큼
내 입술을 서늘하게 만든다

이제 나는 내 몸 밖으로 나가야 한다

먼저,
집을 나서기 전에 나는
착한 별들의 이름을 나뭇잎 위에 적어
까마귀에서 전해 준다 이런 일은
아무 때나 하는 게 아닌데

숲에 가면, 나무들 사이로 새어 나오는
깊은 한숨 소리와 새벽안개 또는
물방울 같은 것, 그리고

어느 꽃들도 나를 바라보지 않는다

떠난 지 오래인 지금도 나는 한 그루 차디찬 나무로 남아 있다

까마귀,
울음소리 나무
기둥에 부딪쳐 더욱 울울한 숲
속으로 걸어가면, 까마귀

까마귀 떼와 어울려
혼자 있는 나를 찾아온다 나의
캄캄한 목구멍 속으로 붉은 혀를 집어넣는다

저 숲에서 해방되는 날
내 손이 닿으면
너는
한 줌의 재

누가 까마귀 떼를 두려워 하랴

새의 무덤

산과 바다 사이를 거닐며
나는 생각했다, 젖은 강물의 옷을 입고

세월은 죽도록 가지 않았다
내 서 있는 발이 그대로 굳어져 그 위로
이끼가 껴도 까마귀들이
내 두 눈을 파먹고 살을 깨끗하게 먹어 치워 뼈만 남을 때까지

몸속을 더듬어 깊고
캄캄한 뿌리 밑으로 내려갈 때, 부딪치는
뼈마디 빛나는 푸른 등불
까마귀, 나의 눈꺼풀 열고 들어가
무덤 만들더라도
그는 제 죽음을 미리 연습하는 것일 뿐

그러고는 물방울 하나 등에 짐 지지 않고
태양 가까이 다가간다
우리가 잊어버려서 안 될 것 중의 하나는
저런 움직임이지만 언젠가

나의 삶을 다시 살
내 피를 섞은 후손들이 이 숲을 거닐며
저 새를 봐,
태양 향해 날아가는 한 마리 황금새를,

우리의 핏줄 속에 지느러미로 남아 있는 저 새들
참, 이상도 하다 내가 살아 있을 땐
그게 새가 아니었다 그런데 내가 죽고 나서부터
그들은 날으는 법을 익힌 것이다

새들은 나의 영혼을 물기 위하여
참으로 오랜 날들을 견디운다

이를 악물고

내 적의의 눈빛으로 너를 바라보지 않더라도
이미 우리들의 관계는 끝났다
언덕이 갈라지고 한 나라가
숲이 되고
죽고 병든 새들만 남아 땅을 지킨다면

언젠가 내 영혼의 집이었을지도 모를
저 나무, 검은 모자를 쓴 저 새, 저 바위
저녁으로 내려가는 깊은 강물
밖에서는 이따금 마른 번개가 치고
푸른 죽음이 어린아이 얼굴로 떠다녔다

울지 마라 아가야, 내 눈물로 너의 목을 적셔 줄게
울지 마라 아가야, 내 주먹으로 너의 입을 틀어막을게

언제나 처음 만나는 것 같은 바람, 구름, 숲
이런 것들의 이름을 함부로 사용함을 용서하라
아무도 가까이 오지 않았다
십 년 동안, 태양이 내 머리를 비춘 적이라곤 한 번도 없다

초록의 숲 속을 횡단하면서
새들은 반드시 날개를 뒤집어 본다 왜 그랬을까?
그때 내가 왜 그런 생각을 하게 됐을까

내 꿈이 닿지 않는 곳으로 사라지는 귀머거리 새들
밤새워 지저귀나, 지상의 부호로는
누구도 나를 부르지 마라

쓴 약 같은 삶이 끝나 가고 있다는 것을
그 밤이 다가도록 모르고 있었다
어떤 새들도 내 귀에 귀띔해 주지 않았으니까
나의 삶은 지극히 산문적이었으니까

어느 날, 말을 타고, 그들이

그들이 말을 타고 와서
나에게 침을 뱉었다.

그들이 숲을 통과하고
깊은 강을 노 저어 건넜을 때

나는 움직일 수 없었다.
그만큼 새는 아름다웠다.
새가 기르는 저녁의 푸른 별들은
더욱 아름다웠다.

새들과 함께 숲의 천장 위를 날아다니면서
아침이면, 안개 헤치고
숲으로 가기도 했었다.

멀리 빛과 이슬이 한데 뒤섞이고
나는 나무들의 금빛 머리칼을 빗겨 주며
둥지 잘못 흔들어 새알 깨트리는 실수 범하기도,
태양이 풀어 준 나의 그림자 쫓아
달팽이처럼 숲의 둘레를 돌기도 했었다.

어디로 간들 그립지 않은 것이 있으랴
지나가면, 개똥벌레까지도 아름답다.

그들이 내게 와서
말 머리를 돌려 사라질 때

나는 그들의 등에 대고
쑥떡도 먹이지 않았다.

태양이 숲을 일으켜 세울 때까지
나는 지평선 밖으로 날아가려는 새 떼들을
지켜야만 한다. 내 키가 커
구름 위로 목을 쑥 내밀 때, 그때는
나도 할 말이 있다.

나의 말을 가로채
붉은 부리의 속없는 새 떼들이 지저귄다.

돌아오지 않는 강

울고, 꽃의 낯빛이 흐렸다 개인 뒤
길 떠날 채비를 한다

집으로 가는 길은
멀다 나는 달빛으로 허리를 휘어 감고
징검다리를 건넌다

물 위로는 한 그루
구름나무가 자라고 비를
뿌리기 시작한다
비의 가는 등줄기에 얼굴 파묻으며
나는 한 마리 물고기처럼 숨 쉬고 싶었다

어두워지면, 강물 거슬러
죽은 자들이 촛불 켜 들고 나를
데리러 오기도 한다
이 물살 헤치고 저 언덕까지

하늘까지 부풀어 오르는
물의 거대한 무덤 파랗게 울부짖는

별들, 눈에 불을 켠
들짐승들의 산울한 울음소리에 나는 전율한다
기억하라

숲 속에 갇혀
내 홀로 숨 쉬고 있음을

푸른 비

저녁 늦게까지
푸른 비
내려 어깨 위 곰팡이 피어나고
나는 한 그루 나무 밑에 서서 그 무엇을
기다렸다 지나가는 사람들 몇몇이 나의 이름과
생년월일 집의 위치를 물어보았다

내가 아마 잠깐 착각을 했던 것
같다 언덕 위에서 어떤 사람이 천천히 내려오는 것을
나는 또 한 그루의 나무가 붉은
열매 흔들며 내 곁으로 다가오는 줄
알았다 그게 아니었다 내가 기다렸던 것은

지평선 물고 새들이 사라진다
내일은 올 것인가, 생각하는
나무에 목수가 다시 못 박힐 때 세계는

내 눈앞에 한 번도 본 적이 없는 들판을
펼쳐 놓는다 한때 그런 삶을 원하며 찾아다닌 적이
있었다 그때는 지나가는 구름도

손에 잡고 바라보면 증류수 같은 눈물 혹은
새들이 버린 쓸쓸한 한숨,

내 몸에 푸른 반점 번지고 나는
나무 밑에 서서
아직도 저 어둠 속에 눈 퍼렇게
부릅뜨고 있을 그 무엇을 기다린다

종이 얼굴

가는 곳마다
햇빛이 무너졌다 얼마나 더
입술 깨무는 날들이 찾아올 것인가

그리고 종이 가면이 펄럭거린다 누군가
지나가고 나는 고개를 돌려 뒤돌아본다
저녁의 나뭇잎, 저녁의 검은 새
왜 그럴까?

피가 부르는
피가 부르짖은 소리 따라가 보면
산사태 지면서 타오르는 수천의 꽃, 꽃 이파리들
고요하여라, 저녁 햇빛 속 거닐며 너의 무덤
너의 뿌리 속으로 들어가는 것은

지평선 서녘부터 동녘에 이르기까지 한 떼의 소나기가
빛의 속도로 말달려 간다
새로운 태양 아래 강과 대지가 솟아오르려면
아직 천 년을 더 기다려야 한다

한 생애가 뜻 없이 불타오르는 동안
내 넋의 대장간에서 달궈지는 이 피 묻은 사랑
씨줄 날줄로 얽어져 있는 세월의 무게
고스란히 끌어안으면

사과나무처럼 네가 보고 싶다.

빈혈

나는 피가 없다

밤이 되면 내 피는 모두 어디로 가는가
가슴을 쓸어내리면
하얀 버즘

마르고 마른
눈물,

별이 뜨고

저녁과 함께
나는 가고 싶다 너의 금 간 벽
파랗게 떠는 돌들의 이마
내 몸을 빠져나가는 눈부신

빛이,
나무의 끝에 닿는 순간 나의 세계는
변화할 것이다

어쩌다 무덤 위로 차가운 태양이 솟구치고 다시 또 몇 몇 사람은 누울 자리 찾아 땅 밑으로 내려갈 것이지만

빛의 허리를 부여잡고
그래, 울지 말자
꽃다운 내 나이 봄이 오고 있으니

죽어도,
너의 문 앞에서 죽자

검은 저녁

의,
발톱이 빠른 속도로
죽은 고기를 낚아챈다 나의 눈은
놓치지 않으려고
지평선 위를 떠나지 않는
　　그때 바람이 불고
　　간혹 비가 뿌리기도 했었다

　　　　　　　　　　　붙잡아도, 강
물이 내 곁을 떠날 때, 그때부터
우리는 외로워지기 시작
한 사람이 숲에서 걸어나와 언덕
아래로 내려간

한 필의 검은 말이 울고 있다, 새벽에
한 필의 검은 말이 울고 있다, 숲에서

어둠이 와도
무너지지 않는 나무, 곁
나도 한 그루 캄캄한 나무로 서서 혀를

깨물면

　　　에서부터
들판 아래로 비의
섬세한 무늬가 움, 붉은 강
범람하(무너지는 숲, 너지는 들, 지는 해, 는)
　—내 몸에서는 지푸라기 냄새가, 그래 생각이……
그때 진흙 땅에 엎, 나는 굼벵이처럼, 화약 냄새 폭탄
이. 먼 데서 나뭇잎처럼 새가 뒤집어졌, 말 울음소

어떤, 빛, 구름이
머리 위를 날고 있었다 하자
그 속에서 황금의 팔이 뻗쳐 나와 내 몸을
묶, 나무에
그때 지평선 끝으로 달려 나간 것이 혹시, 돌들의
어머니는 아니었을까 몰라
—머어리에
　누ㄴ부신
　빗츠
　관

(**피**, 목구멍깊숙한곳에서솟구쳐붉은입술위한송이꽃, **피**)

그러, 태양은 뜨지 않, 다시

저 저녁

검은 옷을 입고
나무는 서 있다. 곧 세상은
무덤으로 가득 차리라 발밑에 구덩이를 파고
내 몸을 집어넣는다. 땅속에서는
일제히 수천 개의 촛불이 켜지고

나는 꽃과 이슬 사이를 지나
상처 난 몸을 그 곁에 눕히려고 한다.
살과 뼈를 추스린 뒤 남는
한 접시의 수분

울지 말자, 한때 비 내리는 삶도 있으니
뼛속에 곰팡이 피고
들짐승들 횡횡하며 울부짖는 밤은 깊은데
이 장마 지나면 해 뜰까

빛나는날들의뒤켠에서서
저물어갈때까지눈물흘렸지요궁형으로휘어지는
그대허리껴안으며별들이첨벙첨벙
강물위로내려올때까지홀로기다렸지요

켜켜이무너지는가슴한편으로모래쌓이고

땅속으로, 손을 집어넣는다
따뜻한 돌덩이 건져 내고 백 년 전에 묻힌
검은 뼈도 건져 내고 천 년 뒤에 죽을
나의 썩은 살도 건져 내면
아무것도 없다
아무것도 없는 땅속으로, 나는 손을 집어넣는다

저
저녁
나무들

피로 가득 찬 우물
검은 연기 도시를 메우고
헉헉거리는 사람들의 등 뒤로 땅거미들이 몰려다닌다
누구는 살해당하고
누구누구는 혀 깨물며 죽고
또 누구누구는 목매달고 공개 처형되고 굶어 죽고

거꾸로 가는 나무들
죽음으로 가는
저 저녁

비의 밧줄

—내가 숲의 감옥 속에 갇혀
　새들의 말이나 흉내 내며 허송세월할 때
　나무들은(나 모르게!) 땅 깊숙이 뿌리를 박는다
　단단한 지층을 뚫고 땅 밑으로 내려가
　숨어 있는 물의 목줄기를 힘껏 움켜쥔다

그 밤, 어떤 까마귀도 불길하게 미리 울지 않고
어떤 부엉이도 불 밝히며 전송해 주지 않던, 그 밤
비의 긴 밧줄들만이
내 몸을 묶으며 벼랑 끝까지 따라왔다

지붕을 열고 지구를 떠나는
몇 마리 새
몇 그루 나무

강물은 세상의 끝으로
내려가면서 어두워지고

무덤 속 같은 침묵
살갗의 숨구멍은 모조리 닫혀지고
송곳으로 찌르는 듯 소름이 돋는다

새벽에 군화발로 대문을 걷어차지 않아도
전화가 느닷없이 울리지 않는 한밤중에도

나는 긴장한다 **누군가 보고 있다**
누군가 듣고 있다

나, 모르는 틈에
나, 모르는 곳에서

아침에, 죽으러 간다, 사람들은
저녁에, 죽어서 온다, 사람들은
날마다, 다시 태어나, 사람들은

죽림칠현

황벽나무 잎사귀로
서가의 책을 가린 뒤
마당에 나서면
하늘이 붉다

뉘 있어
내 시름의 깊이를 헤아리겠느냐

하산한 나무들은 쉽게
숯이 되고
마른 먼지 이는 세상을 건너온 바람은
죽림을 뒤흔들어 놓는다

차갑고 푸른 잎들이
내 가슴을 무시로 찌른다

이럴 때,
해를 등지고 앉아 있으면
차라리 세상이 보이는구나

때로 나무들 사이로 비껴 오는 햇살과
말더듬이 새 떼들이 가까이 오기도 하나
개의치 않으련다

적적하면,
나귀 등에 올라타고 퉁소
하나로 흔들리는 숲 평정한 뒤
이웃한 여섯 친구의 초가나 둘러보리라

나에게 돌을 던져라

뒤돌아보기 없기

저녁과저녁사이푸른
길을따라올라가면서있는나무
앉아있는돌누워있는강죽은사람은죽은사람
끼리어울리고안개와거미줄헤치며누가꼭

따라오는것만같다손에묻은
피씻고따뜻한잠자리와마실물충분히준다해도
죽는데천년이걸리는나라에서는살지
않겠다무서운그림자데리고집으로돌아가는골목길누군가
먼저와기다리며앞을가로막으며눈에못질
하고귓바퀴덮어버리고입을막아버린다면나는할말이

없다꼬집어말할수는없지만누가
꼭따라오는것같아자꾸뒤돌아보게되고
그만큼세상은멀어져가다버림받은사람들모래
씹으며상처를문질렀지만뒤를따라오는것이무엇인지
정체가드러나지않는다나도
누군가의뒤를밟으며살아가는것은아닐까그러나절대

뒤돌아보기
없기

구름 위의 나라

이제 곧 결정해야 할 시간이
다가온다 구름은 그의 많은 자식들로 하여금
나무 그늘 밑에 엎드린 나를 그늘에서
빛으로 끝없이 흔들리게 한다 언젠가는
나도 흰옷 입고 저 구름 위에 누워
내 가슴 가로지르는 강물이 또 하나의 더운 가슴
가로지르는 강물과 만나

모래 무덤 만들며 한 바다를 이루어 가는 것
지켜보리라 그 바닥에 엎드려 입술 부비는 태양도
계곡에 널린 독수리의 발톱들도 그리고 또
그 무엇이 잠 못 드는 내 머리맡으로 까마귀와 함께 찾아와
단 한 번의 사랑 위해 벗어 버린 모자와
구두를 다시 돌려주는가도
그러나 나는 그것을 알 수가 없다 그럴 때

나의 모자는 구름 위에 구두는 지하에
머리카락은 지평선 너머 그 누구도 갈 수 없는 그 나라의 계곡까지 나부낀다 때로
길 잘못 든 새들이 둥지 틀기도 한다

손을 뻗으면 넉넉히 잡히는 구름의 흰 목덜미
나는 아직 젊다 두 번쯤 이혼하고 세 번은
더 결혼할 수 있다 내 아이는 아이를 낳고

나는 할아버지가 되어 다시 이 언덕에
설 것이다 내가 누울 자리는 어디인가
구름 위에도 살과 뼈를 파먹으며 자라는 벌레들이 있어
순식간에 나를 썩은 사과로 만들며 그들끼리 사랑하고
더 작은 벌레 무수히 낳아 한 나라를 이루다가
결국은 함께 썩어 가리라 그래도 나는

그것을 알 수가 없다 머리 위로 흐르는 푸른 강 그 건너 더 넓은 풀밭 속에 숨어 있는 태양과
그의 얼굴 가린 신부 달 그리고
그들의 영원한 자손들인 별 그 뒤에 숨은
아아, 먼 나라

저녁 내내 나는 지평선 베고 누워
구름 위에서 움직이는 그들의 거대한 나라를
지켜보았다 어떻게 아름드리 빛의 기둥이 세워지고

떠도는 영혼들이 씨줄 날줄로 얽어져
푸른 지붕 위로 덮어씌워지는지

저녁은 얼마나 많은 비밀을 소매 속에
감추어 두었나 저렇게 많은 별들 아래서 나는
잠들 수 없다 내가 이겨 낸 그 많은 날의 뜨거움은
모두 어디로 갔을까 어떤 손이 마지막으로
내 눈꺼풀을 감기울 것인가 이 저녁
가지고 온 모든 것 버리고 구름을 본다

구름에 이르는 첫걸음

빗방울의 집인 구름에
이르기 위해서는 뿌리 깊은 한 그루
나무 기둥 곁에 서 있으면 족하다
내 귀가 새들의 낱말에 길들여져
어떤 사람의 방언도 나의 세반고리관을 통과할 수 없을 때
내 눈이 부풀어 오르는 별을 닮아 갈 때
열매 맺을 수 있다는 자신감에 넘쳐
내 힘은 무서운 속도로 솟아오른다

구름에 이르는 첫걸음은
얼마나 설레이는 물결인가 나는 취한 배가 되어
푸른 바다 기슭에 닻을 내린다

거대한 독거미는 별과
별 사이에 끈끈한 거미줄을 쳐
표류하는 영혼들은 남김없이 걸려들지만
구름에 이르는 지붕 위에서라면
나는 두려워하지 않겠다
오직 독수리를 제외하고는

나무를 타고 오른다는 것은
쉬운 일이 아니다 먼저
자신의 피를 뿌려 줘야 하기 때문이다
나무뿌리와 뱀이 뒤엉키며 캄캄한 물과 진흙 사이를 방황할 때
아직 새벽은 오지 않은 것이다 그만큼
우리 영혼도 구름을 넘어서지 못한 것이다

구름과 맺은 모든 약속은
비가 내릴 때 끝이 난다

새들은 새벽의 이슬방울을 뭐라고 부르는가

1

황혼 녘의
나의 직업은 연금술사

황금빛 구름 밀고 강물은 쓸려 와
열에 들뜬 내 머리맡을 축축히
적셔 놓을 것이지만

닭소리만으로는
아직, 가까이 오지 마

구름이 풍만한 젖가슴을 가질 수 없을 때는
풀잎에 빗방울로 말할 수 없듯이
꿈꾸는 돌이 땅 밑의 태양에 충전되지 않고서는
별에 이를 수 없듯이

황혼 녘의 나의 귀는
들어도 알 수 없는 소리들로 가득 차 있다

2

나무와 나무
사이 잠든 새들의 둥지 지나
새벽은, 분홍빛 아가미를 움직이며
내게로 헤엄쳐 왔다

심호흡을 하면
산과 바다에 흩어진 안개
가슴속으로 빨려 들어온다 나의 몸은 가벼워져
새들과 같다 구름 가까운 곳에서
그녀의 입술은 나를 유혹한다

말해 봐 말을
해 봐 새들의 입술은
무엇인가 발설하려고 움직였지만
아무것도 밝혀진 것은 없다 나는 일어났다
새벽이었다 나의 이마를 첫 번째로 비춘 태양,

눈부신 이슬방울과 입을 맞추며
나는, 새들 몰래, 나의 힘을 키워 간다

그 저녁의 처음부터 새벽이슬까지

모든 나무가 지는 태양을 향하고
어떤 약속으로도 우리가
다시는 이 땅 위에서 만나지 못할 때
새들이 풀어 놓는 울음소리는 구름 위로 사라져
둥근 지붕을 가진 별을 잠시 흔들다가
그 옆에서 저도 또 하나의 별로 멈춰
아직 잠 깨지 않은 다른 새들의 둥지를 비춰 주곤 한다
때로는 새들이 불러
긴 밧줄 타고 그 속으로 내려가
그녀의 알을 까기도 한다

지평선에 엎드려 내 더운 가슴으로 껴안으면
화석 속으로 다시 생생한 피가 돌고
잊혀진 깃털이 어깨 위로 찾아와,
땅을 박차고 솟구쳐 별이 되는 새
내 꿈은 여기서부터 함께하니

내 목숨이 남몰래 자라, 잠 못 드는 집 지붕 위에
그늘 던져 주고 땅 위를 기어 다니는 미친한
벌레들에게 살을 베어 주어도

내 꿈은 무슨 일로 그렇게 세상과는 다르고
내가 너의 별이 되거나
나의 살갗 스치는 젖은 바람이
너에게 건너가 한 방울 눈물로 맺힌다면

갈데없는 사람들은 빈 몸으로 지평선 위를 거닐다가
하늘로 올라 구름이 되거나 새
또는 별이 되는 것도 잠깐의 일인데
나는 다만 한 순간의 사랑을 위하여
그 저녁과 새의 둥근 울음소리 속에 몸을 웅크린 것은
아니다

이 밤, 이슬 속에 누워
내, 홀로, 숨 쉬고 있음을

노동

그 집 뒤로 무진장한 햇빛 쏟아져
나무들은 언제나 금발의 머리카락 흩날리며 새들을 숨겨 주곤 하였다
내가 간혹 은빛 갈대 피리 소리에 홀려 먼 길 떠나 버려도
변하는 것은 매우 드물었지만 나의 출가가 지속되어
꽃 피는 한 계절을 놓친다거나 열매 거둘 때가지 돌아오지 않으면
돌봐 줄 사람 없는 나무들은 그대로 몸이 굳어 버리는 것이었다

그 집에서 내가 하는 일은
나무들의 헝클어진 머리카락 빗겨 주는 것과
잠든지 너무나 오래되어 나는 법을 잊어버린 새들의 녹슨 날개 펴 주고, 지쳐 쓰러진 곤충들의 작은 어깨 위로 나뭇잎 한 장을 덮어 주는 것 따위 등이었다.

어떤 사람은 해 지고 난 뒤에도 나의 집 대문을 두드렸으나
책상머리에 앉아 내일 하루의 양식 걱정과 만약에 또

갑자기 먼 길 떠날지도 모르는 불규칙한 나의 삶 때문에
낯선 방문을 허락하지 않았다 날은 저물고
그 집에서 오직 하나인 지붕 밑 방 푸른 창으로 바다와
하늘이 함께 몸을 기울여 내 꿈이
어디로 흘러가는 것인지 내가 잠시 빌린 것뿐인
그 집과 집 뒤의 나무와, 누가

나를 부르는 것 같아
뒤돌아보면 나뭇잎 같은 나의 생은 뒤집어지고
새들은 강의 여윈 팔이 뻗어 있는 먼 바다까지 건너갔다
다시 저녁 옷의 끄트머리를 물고
집 뒤의 생각 많은 나무 머리카락 속으로 돌아오는 것이었다 그 집에서
다만, 내가 한 일이라고는

태양족

내 모래 가슴 열고
가고 싶었다 만신창이 상처 드러내며
저녁의 지평선 혹은 피눈물 나는 장미꽃들과 함께

땅 깊은 곳에서 돌들은
꿈꾸는 힘으로 단단해져 간다 그렇다
우리들 꿈의 한 갈래가 머릿죽지 땋고 강변에 나가 흙장난 모래 장난 하면서 놀던 때, 그때

태양은 내 이마의 관자놀이를 짚어
나는 어김없이 하나의 돌로 불타올랐지만
저녁밥 짓는 연기 굴뚝 밖으로 빠져나가
대문 열고 낯익은 목소리로 내 이름을 불러 주거나
집으로 돌아가자고 손 잡아 주는 사람은 아무도 없었다

나는 나의 피를 태양에게 나누어 주고 싶다

비로소, 해는 뜨고
내 목숨은 하나의 고리로 둘러싸여
또다시 긴 여행을 시작하리라

태양을 향하여

그것은 잊을 수 없는 지상의 빛
어떤 불가능한 사랑을 꿈꾸는 자들이
저녁 들판에서 새벽의 강물에 이르도록 찾고 있는
유일한 등불의 흔적, 혹은
불의 입맞춤이 남긴 온기를 그리워하며
새들과 함께 지평선 위를 걸어갈 때
땅 밑에서 타오르는 지상의 분노

이미 열매도 아니고 별의 씨앗이 될 수도 없는 다만 한
그루 썩은 나무에 불과한 내가
태양을 향하여
내 삶의 끝에 이르러 비로소
온몸으로 맞아들일 수 있는 태양의 눈을 향하여
어떤 상처도 수락할 수 있는 마음일 때

내 몸에 박힌 쇠못의 흔적
뼈를 부수고 이마를 관통하여 벽 위에
몇 년 동안이나 세워 두던 그 검은 구멍마다
장미꽃 피어난다 어떤 것들은 짓뭉개져
붉은 피를 뚝뚝 흘리기도 하지만

결코 물러설 수 없다
험준한 산맥의 허벅지 사이로
자세히 살펴보면 무수히 많은 눈물의 뿌리가 자라나고 있다는 사실
사랑의 마지막 도착점인 저녁 강물 앞에서
누구나 등을 돌리더라도

나를 병들게 하는 것은 저녁의 안개가 아니다
먹다 버린 빵 한 구석에서 피어나는 푸른 곰팡이 내 사랑은
치사량의 독을 품고 있다 말하자면
말이 먼저 튀어 나왔고 생각은 그 뒤를 따라
몇천 리나 가시넝쿨 기어가는 것이지만
사흘 동안, 동굴 앞에 장미꽃 한 송이 가져다주는 사람은 아무도 없었다
생각난다 너의 입술
너의 열린 입술

그것은 증오할 수 없는 기억
혹은 선반 위에 가즈런히 놓여 있는 두 켤레의

구두 나는 외출을 준비한다
아직, 어떤 죽음도 눈 뜨지 않은 저녁
내가 할 수 있는 일은
손에 잡히는 쇠못마다 지평선 밖으로 집어던져
뜨거운 별 하나씩 만들어 가는 것

검은 연기로 가득 찬 굴뚝
새들의 음모로 어두워지는 숲
나는 빛의 시작을 찾아 한 세기를 방황하였지만
내 앞을 가로막고
못 박힌 상처마다 문신처럼 핀
장미꽃, 혹은 태양의 문을 가리키는 사람은 아무도 없었다

태양으로 가는 길

해 질 녘에는 태양의 심부름을 가지 말아야 한다
지평선 위로 거대하게 자라는 밤나무 숲이
그녀의 은밀한 부분으로 유혹하기 때문이다

예컨대 구름의 젖가슴을 찔러
처음엔 추억에 젖게 하다가 홍수 속으로
휩쓸리게 한다거나
박쥐들의 뒤를 따라 비린내 나는 숲 속을
탐험하는 일, 그리고 무엇보다
도처에 잠복해 있는 어린 밤나무를 흔들어
두개골 깊숙이 밤송이를 침입시키는 것이다

태양으로 가기 위해서는 먼저
하늘 날아다니는 푸른 물고기들을 잡아
강물 속으로 되돌려 보내야 한다

밤나무 숲을 탈출하라
석 달 열흘 동안 캄캄한 나무 기둥 속에
숨어 살며 별의 눈 사이를 날아다니는 날개 돋친
물고기를 은밀히 관찰하였다면

이제 날개 없이도 태양 가까이
날 수 있는 것이다 한 마리 황금새의 자격으로서

그것은 아름다운 일이다
다른 사람의 눈 속으로 들어가 태양을
바라보는 것, 새벽에 까마귀 숲에서 풀려나는 새 떼들이
풀잎 위에 알을 낳는 것은, 그리고
더욱 아름다운 일은 그녀의 부름을 받고 날아가
저 하늘의 섬이 되는 것

태양이 뜨기 전까지
나는 살아 있는 것이 아니다

태양이여!
나를 완성하라

푸른 수첩

초시계를 보며 땅거미가
집과 들판과 산들을 먹어 치우고 거대하게
자라나 마지막으로 내 몸을 덮을 때까지
둥글어져 가는 저녁 하늘 몇 개의 별이 뜨고
새들은 또 서쪽으로 길 물으며 몇 마리나 훠이훠이
날아갔는가를 초시계를 보며 내 목숨의
남은 분량을 측정하듯 푸른 수첩에 빠뜨리지 않고
적어 간다 오늘 처음 보는 구름의 문양과
저녁 나무의 뼈가 오도독 분질러지며 이 악물고
견디어 내는 모습들을 초시계를 보며 나는,
내 몸을 쥐어짜 눈물 한 방울을 타고 땅
속으로 내려갈 때, 눈물 한 방울의 둥근 지붕 밑에 누워
오래전에 헤어진 꽃들 곁을 지나 열에 들뜬
내 머리맡 물수건 몇 장으로 근심하시던 어머니
곁도 지나 물방울 하나에 실린 추억의 힘만으로 땅 깊숙이 내려갈 때,
나는 내 수첩의 푸른 잉크를 지우지 않을 수 없다
나의 국적과 나의 비밀의 출생 신분을 감추지 않을 수
없다 차가운 별빛이 악착같이 내 가슴속을 더듬고
아픈 기억들을 끄집어내어 다독일지라도 나는,

죽고 싶은 날들은 수시로 찾아왔고 어떤 때는 정말
죽어 버릴까 하는 유혹에 몸을 떨며 잠 못 드는 날도
많았다 그동안 입술 맞췄던 여인들과 새 한 마리의 추억을 데리고
강물은 또 내 몸을 수십 바퀴나 감아 다른 땅으로
끌고 가려 하지만 나는 수첩을 들고
모였다 흩어지는 푸른 영혼들을 놓치지 않고
적어 간다 초시계를 보며

생의 한가운데

나는, 끈적거리는 공기 속에 내 온몸을, 맡겨
버린다 더 버티지 못하고 사타구니까지 밀려온
고통은 나의 것이 아니다
저물 녘부터 참고 견디다가 드디어 태양이 떠오를 때
흘리는 한 방울의 핏빛 눈물 그 눈물은
송진보다 더 끈적거려야 한다 네가
내 몸에 핀 상처의 흔적 하루 종일 바깥출입 삼가고
다락방에 올라 서까래 밑으로 새들의
날개 뒤집기 놀이나 지켜보면서 혹은 구름 그네들의
젖은 입술이나 탐하면서 빗방울이
내 썩은 몸에 둥근 우물 만들어 가기를 기다린다
이 한밤 내내 푸른 독초를 피우며 나는,
저녁이 왔다 지평선은
둥근 나이테 하나를 그려 간다 언덕 내려가는
세월 그의 검은 모자만 보이고 물구나무선 그의
구두만 보인다 그런 날들은
헤아릴 수 없이 자주 찾아왔고 이제는 싫증이 날 정도였으며
어떤 것들은 처음부터 끝까지 낱낱이 욀 정도가 되어버렸다

나는, 거미줄과 끈적거리는 공기에 휩싸인 방 속에서
뒤척거린다 나의 끈적거리는 눈물 너의 발목을
붙잡고 너의 뒷모습을 화석으로
고정시켜 버린다 기억하고 있는 마지막 너를
내 속에 가두어 버린다 등불을 끄면,

웅크린 몸 밖으로 고개 내밀 필요가 없는 것이니 생의
마지막 쉼표, 혹은

서른 살

너는, 나를 가둔다 내가 살고 있는 집과 낡은
도시와 더러운 강, 죽음의 바다 그리고 내가
구성하는 모든 세계를 너는, 가둔다 너에게
가기 위해서는 캄캄한 숲을 지나야만 한다

지나칠 때마다 세계의 누더기 옷은 펄럭거리고
그 속에 나는 없다 내가 딛는 땅
커다란 목구멍 벌리며 나를 집어삼켜
끈끈하고 숨 막히는 동굴 속에서
빛의 입술이 닿지 않는 물방울과 박쥐들의 울음소리로
목숨을 연명한다 지푸라기 하나 없다

물도 나무도 내가 가는 곳을 따라오지 못한다 죽음이
반딧불처럼 떠다니는 동굴 천장에 머리를 부딪치며
자꾸만 뒤돌아본다 없다, 여기 있던 것들은
이제는 아무것도 없다 불타 버린 새들의 추억
그랬었다 따뜻하고 투명한 나라를 찾아 젊음을
보내기도 했었다 생각하면 저녁마다
손끝을 잡아당기던 나무들의 긴 그림자 소리 없이
죽어 가던 강물, 나는 살아 있다

견디어야만 한다 먼 데서 빙산의 이마가 번쩍이고
어떤 키스도 나에게 건너오지 못한다 저녁이다

까마귀의 입을 열고 내 몸을
집어넣는다 그녀의 성감대를 건드리며
수천 년 전으로 거슬러 올라가면서
마지막에 만나게 될
뜨거운 불꽃
그의 심장을 기다린다 그러는 중에
모래 바람 부는 사막에 이르기도 하지만 아무도
마중 나와 주지 않는다 나무 그늘 아래 앉아 있으면 상
상의
물이 빛나고 태양이 따뜻한 이마를 숙여
내 입에 입 맞춰 준다 아무도 찾아오지 않는다 아무도
어둠이 덮어 올 때까지 내 이름을 부르지 않는다

태양의 집

일찍이 나의 삶은 하찮은 것이었다

모래 바람 불고
집들이 차례로 쓰러지면서
해묵은 상처들을 드러내 보여 준다

그렇다, 그때 버림받은 하나의 영혼이 있어
들짐승처럼 울부짖으며
광야를 헤매고 다니곤 했었다
나의 삶은 하찮은 것이었고
아무도 길 물어 주는 사람은 없었다

저녁 나무 뒤로
태양은 사라지면서 어떤 그림자를 남겼는가
아무에게도 물어볼 수 없다

죽은 태양들
그녀들의 황금빛 머리카락 몇 올만 남아
하얗게 서리 맞아 가는 들판에서
나는 다시 너의 입술

입술 속에서 날아오르던 새 한 마리를 생각한다

그때, 버림받은 하나의 영혼이 있어
또 하나의 버림받은 영혼과 만나 서로 껴안으며 눈물 부딪치며
불꽃 피워 대곤 했었다
집 뒤의 강물 곁으로 빛나는
바람 찾아와 옛날처럼 한 세상 만들어 놓아도
내 갈 수 없는 곳이 있으니

일찍이 나의 삶은 하찮은 것이었고
태양이 사라지면서 나의 누더기 옷을 잠깐
비춰 주는 것만으로도 저녁의 허기를 이겨 내던 날이 있었다

귀향

불꽃과 함께
돌아가고 싶다

가다가 가다가 배가 고프면
고개를 꺾어
송곳니를 내 핏줄 속에 박고
피를 빨아 먹으니
즐거워
나는
내 오래된 피 내 오래된 사랑
누더기만 남은 육신도 너희에게 나눠 주고
거미줄에 매달려 송두리째
먹히우리

그러면 그들은 나의 제자가 될까 나의
마지막 말씀을 모아 맨발로
물 위를 걸으며 만나는 모두에게
그걸 전할까 또한 나의 마지막 웃음 나의
눈물도 귀에 귀를 대고 퍼져 나갈까 삼천리 방방곡곡
무덤 밑에서 지하도에서 나무 그늘 아래
모이면 모일 때마다 나의 피와 나의

살을 먹고 싶어 할까 밤이면
밤마다 나의 별자리를 찾아온 바다를
뒤질까 나는 등불도 없는데 나는 집도 없고
나는 물고기 비늘도 없으며 나는
더 나누어 줄 살과 뼈도 없는데

사람들은 내 손을 잡고 함께
구름 위로 가고 싶어 한다 어디 한번 해 봐
물 위를 걸어 죽은 사람을 살려 앉은뱅이를
일어서게 귀머거리의 귀를 장님의 눈을 문둥병을
어디 한번 해 봐, 그러면 너를 믿을게
파리 떼처럼 나를 에워싸고

어떤 사람은 고개를 세 번 흔들며
어떤 사람은 피 묻은 손을 씻을 때
언덕 위의 나무에 내 몸은 못 박히니 나를
버리시나이까

그러나, 집으로 돌아가
어머니 손을 만지고 싶다

〈추방〉

내가 죽거든
숲의 우두머리 나무 위에
걸어 다오, 나의 머리를

까, 까, 까마귀들이 먹구름처럼 몰려와
날카롭게 울부짖으며
첫 부리를 댈 때의 섬찟한 즐거움을
너와 함께 즐기고 싶다

　　내 눈을 파
새로운 태양이 보이고
　　내 살을 쪼아
지상의 양식이 풍부해진다면
　　내 뼈를 뿌려
죽은 나무가 파랗게 빛을 발하도록

　　　　나는 죽고 싶다

마지막 남은
까마귀, 더 먹을 것이 없거든

껍질만 남은 내 영혼을 물고 구름 위로
날아오르렴

다시는 돌아오지 않겠다

■ 작품 해설 ■

신 없는 사제의 춤

김훈

어떤 시인의 시는 시집 한 권을 모두 읽어야 비로소 개별적 시편들의 모습과 자리가 확연히 드러나는 경우가 있는데, 하재봉의 시가 그러하다. 하재봉의 시편들은 서로가 서로를 받쳐 주기도 하고 엉켜들기도 하고 서로 삼투하거나 혹은 배척하면서 밀교의 만다라와도 같은 하나의 특이한 세계를 이룬다. 하재봉의 만다라 속에서는 세상의 벌판 위에 어떠한 문명도 세워진 일이 없고, 삶의 의미에 도달하려는 인간의 복받침은 응답 없이 저무는 강가에 버려져 있다. 그의 만다라 속에서는, 시간의 미립자들이 서로 엉켜들어 의미 있는 지속을 이루지 못하고, 반죽되지 않는 사금파리로 흩어져 있다. 흩어져 멸렬하는 사금파리의 시간 위에서 삶이란 한갓 복받침일 뿐 귀순하지 않는 시간의 안개는 신기루처럼 바람에 밀려가고 밀려온다. 하재봉의 시들은, 그 멸렬하는 시간의 사금파리에 쓸리는 생명의 모습과 그 시간의 사금파리들을 반추해서 일련의 의미 있는 흐름을 엮어 내려는, 즉 시간 위에서의 삶과 땅 위에서의 삶을 위한 기초공사에 착공하는 인간의 내면의 모습을 보여 주고 있다. 하재봉의 시 그 내면의 모습이란 비논리적이고 충동적이며 때로는 환상적이다. 그것은 화가가 물감을 이겨 놓은 것 같아서, 남의 첨언에 의하여 잘 설명되는 것은 아니다. 그러나 틀에 의지하지 않고서는 한 자도 끄적거릴 수가 없는 나는 하재봉의 시에 자주 나오는 '강'과 '시간' 또는 시의 화자로서의 '나'에 기대어 가며 그의 시집에 대한 나의 독후감에 어떤 틀을 세우려 애썼다. 나는 그 시집 속에 나오는 '강과 '시간'과 '나'에 대하여 논리적 분석을 가할 계획이 없다. 나는 단지 그것들이 나에게 부딪쳐 깨어져 나간 내 마음의 파편들을 주어 모으려 한다.

강

잊어 버렸다 생각날 쯤에 바람은 불고
아버지 키만 한 둑 위에서
누이는 수수러지는 치마를 한 손으로 덮어 버렸다, 그때
나는 보았다.

내륙의 더운 가슴을 지나 강물이
처음 바다와 만나는 것을

—「첫사랑」

다시는 돌아오지 않네 그날
나와 함께 살을 적셨던 부끄러운
노을의 첫 순결도
고개 비뚤며 딴전 피우는 갈대밭
소금기 적은 바람도 이제는
만나 볼 수 없네 붉은 저녁의 강

—「저녁 강」

스스로의 무게로 가라앉는 돌처럼
물 깊숙이 너를 가라앉힌다. 들꽃들은
저녁 강 위에 한 떨기 노을로 피어오르고 이제
무엇이 남아 이 강을 홀로 흐르게 할까

—「저녁 강」

하재봉의 시 속에서 흐르는 것들은 아득하고 난감하다. 흐르는 것들 앞에서 그는 두 가지 모순된 꿈에 시달린다. 흐르는 것과 하나 되어 세계의 모든 굽이침과 흔들림을 지나서 그 세계가 또 다른 세계와 닿는 곳으로 흘러내리고 싶은 욕망과 흐르는 것들을 가로질러 건너가 그 대안에 닿고 싶은 욕망이다. 하류의 끝까지 출렁거리며 가고 싶은 욕망은 살아가기, 나이 먹기, 참기, 시달리기, 꿈깨기 또는 그것들을 종합으로써의 종국적인 평화를 모두 챙기고 싶은 욕망이고, 대안으로 가고 싶은 욕망은 초월, 혁명, 또는 세상 버리기, 갑자기 깨닫기와 같은 턱없이 간절한 욕망들이다. 흐르는 것들 앞에서 우리가 그 두 가지 꿈 사이에 끼어 흘러가지도 건너가지도 못할 때, 흐르는 것들은 저 혼자 흘러가고 우리는 여전히 흐르는 것들의 이편 기슭에 남는다.

「첫사랑」은 그의 유년의 상흔 위에서 쓰여진 시인 것 같다. 시의 표면에 드러난 그 상흔은 우선 가난, 상실, 어머니 없는 세상에서 살아가기 같은 것들이지만, 그 상흔들은 인간화되지 않는 세계에 불어오는 낯선 '바람'이나 또는 그 낯선 세계의 하늘에 인간과는 무관하게 박혀 있는 '별'을 배경으로 하고 있다. 누이에 대한 근친상간의 충동이나 샤머니즘에의 몰입은 그런 상실과 낯설음의 세계에서 인간이 기댈 수 있는 마지막 언덕이거나 죄 많고 아늑한 밀교의 요람일 테지만, 그 시는 '강물'에 의지해서, 근친상간이나 샤머니즘을 아슬아슬하게 비켜 가고 있다. "그때/ 나는 보았다./ 내륙의 더운 가슴을 지나 강물이/ 처음 바다와 만나는 것을"로 끝나는 마지막 3행은, 다소 난데없다는 느낌을 주기도 하지만, 샤머니즘의 아늑함 위에 삶은 세워질 수 없다는 인식을 강력하게 환기시킨다. 괴로운 세계를 신선하게 바라보는 유년의 시선은 설레고 있다.

「첫사랑」의 강물은 인간과 함께 세상의 굽이침을 휘돌아서 흘러내려야 할 강이지만, 「저녁 강」(같은 제목의 시가 두 편 있다)의 강은 인간으로부터 소외된 시간과 공간 속을 흐르는, 차가운 잿빛의 강이다. 그 강이 인간으로부터 소외된 까닭은 시인이 그 강가에서 대안을 바라보고 있기 때문이다. 그 대안은 초월일 수도 있지만 죽음일 수 있고, 사랑일 수도 있지만 단절일 수도 있다. 시간의 수많은 미립자들이 그 강물 위에 떠서 흘러간다. 그것들은 강변에 존재하는 것들(나무 인간 또는 풍광)을 단지 그 위에 비칠 뿐 더불어 함께 가지 않는다. "나무들이 물속으로 걸어와 몸을 눕히"고 강의 대안으로부터는 사랑의 희미한 환영을 실은 바람이 불어온다. 강은 홀로 흐르고, 대안을 응시하는 인간은 강의 이쪽 기슭에 남는다. 그 강가에서의 자유란 얼마나 난감한 것이랴.

시간

내가 만일 이 별에서 다른 별로 성큼
건너뛸 수만 있다면
시간의 캄캄한 등 뒤로 물러서서
어느 누구도 엿볼 수 없는 꿈을 꿀 수만 있다면
—「시간의 춤」

저 산맥 속에 잠자는 숯 한 낱을 꺼내
이슬 무덤 그득한 네 나라를 다스리겠다.
(중략)
아직도 거처 없이 모래와 열병만이 사는 사막을 헤매고
있을
발목 잘린 바람의 무리들을 손짓하여
그 끝없었던 네 나라, 이름 모를 눈물을 불사르겠다.

—「안개와 불」

나는 시간에 관한 하재봉의 시들을 읽으면서, 짐승들의 어두운 마음의 밑바닥에서 희미하게 깜박거리고 있을 순결하고 참혹한 하나의 호롱불 같은 것을 생각했다. 짐승의 호롱불은 두꺼운 지층의 맨 밑바닥에 깔려 있다. 그 호롱불이 마주 대하고 있는 시간은 역사나 문명으로서의 시간이 아니다. 그것들은 아직 태어나지 않은 시간의 태아들이다. 짐승들이, 그들의 종족이 살아온 시간으로부터 아무것도 전수받지 못하고, 저 한 마리의 빈손으로 태초부터 다시 살아내야 하듯이, 그 희미한 호롱불은 혼자서 세계를 마주 대하고 있다. 하재봉의 시들은 그 호롱불 곁에서, 세계의 시간으로부터 풀려나서 자진(自盡)해 버리고 싶은 소승(小乘)의 쓸쓸한 아늑함과, 그 두터운 지층을 뚫고 나와 세계의 벌판 위에서 출렁거리는 흐름을 이루려는 복받침 사이를 퍼덕거리며 날아서 오고 간다. 아늑한 자진과 출렁거리는 흐름 사이의 거리는 아득히 멀다. 하재봉은 신화의 세계에 의지해서 그 아득히 먼 두 개의 이질적 시간 사이의 거리를 건너간다. 그의 시를 가득 메우고 있는 신화적 진술들은 그가 그 두 개의 이질적 시간들을 하나로 묶어 내려는 데서 비롯된다. 자궁 속에 하나의 호롱불로 가물거리고 있는 시원(始原)의 시간과 세계의 벌판을 흐르는 시간이 합일을 이루어 빚어 내는 어떤 새로운 시간이 하재봉의 시가 추구하는 시간이다. 대체로 그의 시들은 그 합일된 시간의 따스함이나 비옥함을 노래하기 보다는 거기에 도달하려는 또는 도달하지 못하는 유폐된 자의 고통을 노래하고 있다.

「가자, 흰 말을 타고」 같은 시편도 매우 신화적인 구도를 가지고 있는 시인데, 하재봉은 그 시에서 세상의 시간을 향하여 진입하지 못하는 한 격리된 자아의 내면 그리고 세계의 설명될 수 없는 적의(敵意)에 관하여 말하고 있다.

하재봉이 짜 나가는 신화의 세계에서는, 땅 밑으로 강이 흐르고, 그 강가에 배열된 존재들(나무, 인간, 풀잎들)이 그 강물 위에 비치고 땅 위의 하늘에는 이글거리는 태양이 걸려 있어 땅 위의 모든 것을 태운다. 지층 밑에 깔린 인간은, 가물거리는 호롱불 하나 키워 가면서, 세계의 시간과 합일될 것을 꿈꾸고, 다시 세계를 뛰어넘어서 태양의 크고 정의로운 권력에 도달할 것을 꿈꾼다. 그것은 신(神)없는 신화이고, 시간의 내용을 혁명하려는 자의 신화이며, 인간으로 또는 세계의 의미에로 환생하려는 짐승의 신화이다. 나는 이 토막의 맨 앞에 인용한 「시간의 춤」이라는 시에서, 그 유폐되고 격절된 자의 내밀한 시간을 읽었고, 「안개와 불」이라는 시 속에서 새로운 권력을 지향해서 분출하려는 시간을 읽을 수 있었다. 그러나 하재봉의 시 속에서 그 두 가지 시간은 서로 비밀히 교접하면서, 삼투하고 있다. 나는 논리적으로 설명되지 않는, 이 교접과 삼투의 오고 감 속에 삶의 정직한 육질 하나가 담겨져 있는 것으로 느꼈다.

나

하재봉의 많은 시편들은 일인칭 화자 '나'의 진술이다. 이 '나'는 많은 경우에, 아직 형성되지 않은 나이고, 〈나〉에 도달하지 못한 '나'이며, 역사로서의 시간을 그리워하지만, 그것에 도달하지 못한 '나'이며, 〈나〉의 태아이며, 〈나〉의 원료이다. 그 '나'는 규정하기 어려운 무질서와 혼돈 속에 처해 있고, 세계의 가장자리에 "웅크리고 앉아서" 저 난해한 세계의 펼쳐짐을 응시하고 있다. 문명이 세계를 양식화하기 이전에, 또는 세계가 세계사로부터 자유로웠던 시간에, 어떤 홍적세의 동굴 안에 들어앉아 있을 한 이교(異教) 사제(司祭)의 모습이 그 '나'의 외양이다. 이 이교 사제는 홍적세의 동굴에 앉아서, 세계와 시간을 자기화(自己化) 하려는 크고 난감한 꿈을 감히 간직하고 있다. 이교의 사제는 새롭게 생성되는 시간을 향하여 돌진하기도 하지만 세계의 적의에 찬 시간들에 쫓겨서, 태어나지 않은 시간의 호롱불 하나 깜박거리는 저 자신의 동굴 안으로 숨어들기도 한다. 그 돌진과 퇴각을 거듭하면서, 이 헐벗은 사제는 세상으로 뻗은 모든 얽히고설킨 길들을 모두 지나가지 않고서는 아무 곳에도 도달할 수 없으리라는 고통스런 깨달음에 도달한다. 이교 사제는 '나'의 비의(悲意)를 교리화한다.

그 사제의 생명의 근원지는 강가, 물가 또는 축축한 진흙 속이다. 그는 습생의 사제인 것이다. 축축한 곳에서 빚어지고 축축한 곳으로부터 태어나는 것들의 운명이란 태어난 곳 그리워하기, 세계로부터 돌아서기, 축축한 곳에 들러붙어 살기 같은 것들이 아닐까. 습생의 운명은 질퍽거린다. 이 습생의 사제는 자신의 운명을 박차고 난생(卵生) 또는 화생(火生)의 시간 속으로 갱생하려는 끝없는 복받침에 사로잡혀 있다. 그의 시 속에 자주 나오는 '하늘을 나는' "푸른 물고기"나 "태양"같은 부분들에서 나는 그의 갱생의 복받침을 읽을 수 있었다. 그리고 그 갱생은 우선은 소승적 자유에로의 갱생일 것이며 마침내 '나'의 시간과 세계의 시간이 함께 흘러가는 새로운 시간으로의 갱생일 것이다.

하재봉에게

나는 하재봉의 시가 미학적으로 잘 구조화된 것이라고

는 생각하지 않는다. 그의 시행(詩行)들은 대체로 너무 길다. 내가 길다라고 말하는 것은 다른 시인의 시에 비해서 길다는 말이 아니라 그가 시로써 말하려 하는 것에 비해서 그의 시행이 길다는 말이다. 하재봉의 시 속에서는 너무나도 강력하고 너무나도 현란한 이미지와 시어들이, 때로는 중심부를 향하여 조여드는 기색이 없이 난무하고 좌충우돌한다. 시에 도달하지 못한 잠언들, 말하자면 실패한 잠언의 부스러기들도 그의 시 곳곳에 흩어져 있다. 실패한 잠언은, 그 잠언이 성공했더라면 확립되었을 진실 내용을 무효화시켜 버린다. 하재봉의 문체는 문장의 논리적 틀을 버티어 내기 위한 구문의 장치들이 글의 표현 위로 돌출해 있다. 구문의 장치들을 모두 버린다면 아마 시고 뭐고를 쓰기가 불가능할 것이다. 그러나 아마도 노련한 시인은 그 구문의 장치를 내버리지 않고, 감추어 버릴 것이다. 그리고 더 노련한 시인이라면 그 감추어진 구문의 장치까지도 시화(詩化)하지 않고는 못 배길 것이다. 하재봉의 글은 그 구문의 틀이 돌출함으로써 생각의 물결 같은 흐름을 방해하고 그가 그리는 신화의 세계를 때로는 괴기스럽게까지 만들어 버린다.

'나'를 주어로 삼는 그의 시 문장들은 때로는 너무나 직설적이어서, 울림의 여백을 남기지 못한다. 그러나 나는 하재봉의 시들이 왜 그런 외양을 지니게 되는지를 아마 알 것도 같다. 그가 너무나도 거대한 그림을 한꺼번에 그리려 하기 때문이 아닐까. 하재봉에 대한 나의 소망을

말한다면, 나는 그가 시간에 대하여 말을 걸어야 하는 언어의 정교하고 따스한 속살에 도달하기를 바란다. 그리고 그가 그의 조급함이나 시적 야심이 빚어 내는 괴기스러움을 넘어서서, 세계의 흘러감과 긴밀히 교섭하는 초월의 시간들과 거기에 관련된 언어들을 우리에게 돌려주었으면 한다.

(필자: 소설가)

하재봉

중앙대 대학원 국문과를 졸업했다.
1980년 《동아일보》 신춘문예에 시가 당선되고,
1991년 중편소설로 《문예중앙》 신인상을 수상하여 등단했다.
시집 『발전소』, 『비디오/천국』, 장편소설 『쿨 재즈』, 『황금동굴』 등이 있다.

안개와 불

1판 1쇄 펴냄 1988년 12월 10일
1판 5쇄 펴냄 1994년 5월 30일
신장판 1쇄 펴냄 1997년 6월 30일
개정판 1쇄 찍음 2007년 4월 16일
개정판 1쇄 펴냄 2007년 4월 20일

지은이 하재봉
편집인 장은수
발행인 박근섭
펴낸곳 (주) 민음사

출판등록 1966. 5. 19. 제16-490호
서울시 강남구 신사동 506번지 강남출판문화센터 5층 (우)135-887
대표전화 515-2000 / 팩시밀리 515-2007
www.minumsa.com

값 7,000원

ISBN 978-89-374-0510-5 03810